U0083688

古典詩歌研究彙刊

第四輯

龔鵬程 主編

第14冊

東坡瓊州詩研究

林採梅 著

國家圖書館出版品預行編目資料

東坡瓊州詩研究／林採梅 著 — 初版 — 台北縣永和市：花木蘭文化出版社，2008〔民 97〕

序 2+ 目 2+174 面；17×24 公分
(古典詩歌研究彙刊 第四輯；第 14 冊)

ISBN 978-986-6657-44-3（精裝）
1.（宋）蘇軾 2. 宋詩 3. 詩評

851.4516 97012108

ISBN - 978-986-6657-44-3

古典詩歌研究彙刊
第四輯 第十四冊 ISBN：978-986-6657-44-3

東坡瓊州詩研究

作　　者 林採梅
主　　編 龔鵬程
總 編 輯 杜潔祥
出　　版 花木蘭文化出版社
發 行 所 花木蘭文化出版社
發 行 人 高小娟
聯絡地址 台北縣永和市中正路五九五號七樓之三
電話：02-2923-1455／傳眞：02-2923-1452
電子信箱 sut81518@ms59.hinet.net
初　　版 2008 年 9 月
定　　價 第四輯 20 冊（精裝）新台幣 28,000 元

東坡瓊州詩研究

林採梅 著

作者簡介

林採梅，台灣省台中縣人，東吳大學中國文學所碩士，現任中州技術學院專任講師。
經歷：YMCA 作文教師、台北志仁補校國文教師、台南中華醫專專任講師、大葉大學兼任講師。學術著作：專書：東坡瓊州詩研究；期刊論文：1. 詩經玄鳥篇研究；2. 尚書鴻範篇研究；單篇論述：1. 李白秋風詞解析 2. 漢代才女蔡文姬等。
研究領域：詩詞、小說、神話、應用文學等。

提　　要

本文共分六章二十節，約四十萬言。玆言其要如下：

第一章緒論：談瓊州之地理沿革。瓊州，實則今日之海南島也。自秦始正式內屬，期間因儋耳族不願從化，數歲一反，漢元帝至梁武帝間，約罷棄六百餘年。唐宋以後，瓊州地位日趨重要。又瓊州詩之研究範圍，為東坡貶居海南所作詩篇。而海外創作有「居儋錄」與「海外集」刊本，然刊刻不全、缺漏摻雜者所在多有，如何找出真正瓊州時期作品？成為首要工作。故搜尋善本詳加考訂，以為全文探討之依據。

第二章：以北宋政治與東坡謫遷之關係為探討重點，觀其流放歷程，以明影響瓊州詩之外在因素。大抵而言：以王安石變法，排斥政敵起始，新舊黨爭迭起，烏臺詩案以「摭拾東坡詩文，論成訕謗罪」欲置之死地而後已之後，便宦海波折不斷，嶺海流放，實為詩案之遺禍。

第三章：從瓊州詩看海外東坡，旨在借東坡之筆，觀其海外生活狀況，及其外在行為表現。有「三年之間，飲食不具，藥石俱無」之歎！然其淡泊胸懷，使原為蠻癘之地，亦成安居樂土。

第四章：從瓊州詩之思想層面著手，旨在說明晚年東坡生命形態，已臻於圓熟境界。自云「欲以桑榆之年，自託於淵明」。歸隱躬耕，詩筆傳家；靜達養身，安禪樂道；好惡焚去，榮辱兩空，不以生死禍福動其心。

第五章：瓊州詩之外在形式，工於變化，從創作手法切入，探討其特色：引事連類、融而不隔；奪胎換骨、翻新古人句法；不避詩忌，自然天成；古今詩例，各具妙篇。且有筆隨年老之妙，故多有佳篇。

第六章：就前述各章，歸結其成就為二：(一)、詩作風格已能力追淵明「自然平淡」之藝術極詣，且與自身論詩旨趣相契合。所謂意隨興到，不事雕琢而渾然天成；率爾天真，平淡而妙；意在言外，有雋永之情味者。(二)、海外瓊州詩，精深華妙，不見老人衰憊之氣；筆老墨秀，挾海上風濤之氣。黨禁愈熾，海外詩流傳愈廣，瓊州詩實為奠定東坡詩壇地位之重要基石。

目次

序　言

北宋詩壇以歐陽修、王安石、蘇軾、黃庭堅為四大名家。然詩文能及身盛行，每有所作即刊刻流布者，唯東坡耳！後世論其詩者，多以烏臺詩案為其生命思想與文學創作之轉捩點。早期東坡詩，豪健清雄，到黃州一變而為清曠簡遠之作，故後人對此稱誦不已。黃州之後，東坡之生命思想、詩作風格漸臻圓熟。於是出現自然平淡詩風。尤其晚年海外創作，幾已全入化境。非惟不復見其議論、騁才之精銳筆鋒，更有凡俗題材，亦能表現無窮意趣之藝術造詣。東坡嘗論淵明詩「質而實綺，癯而實腴」自「曹劉鮑謝李杜」諸人，皆莫及。故晚年大量和陶，一則師範淵明之人格，再則願得其詩藝精髓。海外瓊州，正其努力創作與成果展現之豐收期。無論人格、思想、或藝術成就，皆為東坡創下一生中最輝煌之扉頁。然而一般論著，皆以黃州一變為論述重點，至今尚無人對海外詩作，有更深入之闡發。甚至有以「東坡詩作風格與其論詩旨趣相反背」之論調出現。則東坡詩名雖盛，仍有不被了解之處。尤其海外瓊州詩作宋人推崇備至，何以反為後人所略，誠屬可惜。故不辭以駑鈍之資，專取瓊州詩為研究對象，期能為喜好東坡詩者，再拓一處空間，使得見坡公詩作佳妙富美之一隅。

研究方法首先搜尋海外詩刊本，國內現存刊有海外詩之善本書僅二，然號稱「善本」卻未必真善。一則中央研究院歷史語言研究所藏之《明刊本蘇文忠公居儋錄》，凡五卷。卷三、四載錄之詩並不多，且殘缺不全。再則東北大學寄存於師範大學國文系圖書館之《清刊本蘇文忠公海外集》，凡二十二卷。卷三～卷九全部爲詩。惜其采錄雖多，卻非純然海外之作。於是考校眞正瓊州詩之篇目，成爲首要工作。之後搜羅方志有關海外東坡之記載，並探索其謫遷背景，進而分析詩作內容。期能鉅細靡遺，呈現瓊州詩之眞正風貌。

撰述期間，張師夢機於百忙之中，尚能撥冗督教、啓發，使成完篇，感銘甚深。陳師伯元惠賜《蘇詩評註彙鈔》資料，林師炯陽時予鼓勵關切，凡此師恩，不敢或忘。另有諸多親朋好友之支持幫助，故能竟其功，愚拙如我，竟得如許福報，亦僅能於此一併致謝。倘若此文能有少許成就，亦爲父母師友所賜，而有未臻完善者，乃自身才質疏陋所致，尚祈博雅君子，不吝指正爲幸。

中華民國七十六年十月

林採梅　謹誌于東吳大學　中國文學研究所

第一章　緒　論

第一節　瓊州之地理沿革

瓊州之名，最早見於唐太宗貞觀五年（見《瓊山縣志》）。在此之前，由於歷代帝王僅視其為羈縻之地，廢置不常，名稱亦不定。據《瓊州府圖經》記載：

瓊州府，本古雕題、離耳二國。〔註 1〕

又《漢書・地理志》載稱瓊州乃：

禹貢揚州西南徼外地，春秋戰國為揚越地，秦末屬南越。

則瓊州，當指遠居中國南端，到秦始正式內屬之海南島。其沿革如下：

秦：正式內屬，屬南越，為象郡外徼。

漢：武帝元鼎六年，南越反，遣伏波將軍路博德討平之。順道自合浦、徐聞（於雷州半島）入海，得大洲（即瓊州島全境），遂於明年（元封元年）分置珠崖、儋耳二郡。後以儋耳族習性倔強，勇敢善鬥，不願從化，加以珠崖初立為郡，吏卒皆由漢人充當，時常侵陵當地族人，族人不服統治，因而數歲一反，反輒殺吏。漢廷屢遣官兵平

〔註 1〕《廣東通志圖》、《瓊州府圖經》乃明代黃佐等撰，此書現為日本京都東方文化研究所藏存。文中此段記載，乃得之於日人小葉田淳所著《海南島史》頁 300 之影印版面。

亂，連年不定。（事見《後漢書・南蠻傳》）至元帝初元三年，不得已而罷棄之（置郡僅六十五年）。

三國：吳大帝赤烏五年遣將軍聶友、校尉陸凱，以兵三萬討伐珠崖、儋耳，特於徐聞設縣，本欲招撫其人，但族人終不從化（《輿地紀勝》引《元和郡縣志》所載）。

南北朝：宋世祖太明四年，遣前朱提太守費沈、龍驤將軍武期，率眾南伐，通朱崖道，并無功（《宋書・南夷・林邑國傳》）。梁武帝大同年間，攞夷族馮冼氏崛起於高涼，海南儋耳歸附馮冼氏者千餘洞，遂請命於朝，就廢儋耳地立崖州（《隋書・譙國夫人傳》）。自漢罷郡恢復部落，族人阻絕海道，至此垂六百餘年。

隋：自梁以來，冼氏族以其強盛力量，於嶺表亂世賊子相踵而起之際，猶能使儋耳部落歸心，歷陳代、至隋文帝朝，漸將叛亂翦除，使嶺表歸於平靜。文帝乃贈臨振縣爲冼氏湯沐邑，封其子馮僕爲崖州總管。

唐：高祖即位始析散儋耳部落，於武德五年置儋、崖、振三州。太宗貞觀五年以崖州之瓊山置「瓊州」，瓊州之名始見於此。高宗時，再置萬安州，自此瓊島再度劃歸中國版籍，統治力量亦得以鞏固。唯瓊州正式成爲控制全島之樞紐，當在唐德宗時：從隋代到唐初，嶺南各州刺史、太守多由洞獠酋帥擔任，時而動輒反叛，暴掠州縣。高宗乾封二年，嶺南洞獠陷瓊州（洞獠者，乃西南夷之一支）。到德宗貞元五年，嶺南節度使李復始克瓊州，並請移都府於瓊，以控制賊洞，德宗如其請（參見《瓊州府志》引《新唐書》）。

宋：太祖開寶四年平南漢，五年廢崖州，以其地併屬瓊州，《儋縣志》引《通志》云：「皇朝平南漢割崖州之地入瓊州。以儋、崖、振、萬安四州隸瓊州，又以瓊州守臣提舉儋、崖、萬安等州水陸轉運事」。由此可知，自唐德宗以來，瓊州地位，日趨重要，至宋，儼然已無可替代。宋神宗熙寧年間，爲加強海外疆域之管理。遂以瓊州爲「瓊管安撫司」領州之屬縣。並改儋州爲昌化軍，以隸瓊管。其行政區域，仍屬廣南西路。終北宋之朝，此制未變。哲宗紹聖四年東坡責授「瓊州別駕，移昌化軍安置」（《宋史・哲宗本紀》卷一八），即因二者有屬附關係之故。

自宋以後，瓊州編制，大抵已定，故元明清三代，皆因襲舊制，或稱「瓊州路」或「瓊州府」，直到民國初年，國民政府成立海南特別行政區長官公署，以籌備建省事宜，旋以大陸淪陷，故至今尚未正式建省。而人們遂以海島稱之（見王家槐〈海南文獻叢談——海南這個名稱〉）。

第二節　東坡瓊州詩之範圍

> 東坡先生謫居儋耳（即昌化軍），……葺茅竹而居之，日啗藷芋，而華屋玉食之念不存於胸中，平生無所嗜好，以圖史為園囿，文章為鼓吹，至是，亦皆罷去，獨喜為詩，精深華妙，不見老人衰憊之氣。（蘇轍〈東坡和陶詩〉引）

東坡一生，以文章為名，散文乃唐宋八大家之一；詞學成就，首開豪放派之宗風；論書與畫，皆為宋人翹楚。然而晚年居海外，此類要皆罷去，「獨喜為詩」，此乃東坡於瓊州時期專力詩作之明證。清人王文誥稱東坡渡海之作：「全入化境，其意愈隱，不可窮也。」（《蘇海識餘》卷一）子由所謂「精深華妙」殆指此也。本文捨其文詞書畫，獨以詩為論，原因在此；又捨其前期創作，專以「瓊州」為問，原因亦在此。

東坡瓊州詩，係指東坡謫居瓊島期間之作品而言，其中包括〈吾謫海南，子由雷州，被命即行，了不相知，至梧乃聞其尚在藤也，旦夕當追及，作此詩示之〉及渡海前一夜「病痔呻吟，子由亦終夕不寐，因誦淵明詩勸余止酒，乃和原韻，因以贈別」之〈和陶止酒〉二首。此二詩，雖非居瓊島所作，但為東坡聞命即行後之作品，與其他詩篇，密不可分，故並列之。創作年限，起於東坡離惠赴瓊之日：

> 今年（紹聖四年）四月十七日，被命責授臣瓊州別駕，昌

> 化軍安置，臣尋於當月十九日離惠州，至七月二日，已至昌化軍。（東坡〈到昌化軍謝表〉）

終於渡海北歸之時，亦即哲宗紹聖四年（1097 年）四月十九日，到元符三年（1100 年）六月二十日夜渡海（見《蘇軾詩集》卷四三詩題）為止。總計三年零二月，東坡六十二歲至六十五歲之間。

至於那些詩篇，方為瓊州之作？以台灣目前收藏之善本書而言，有兩種刊本，專門采輯東坡海外創作之詩文集，一為明代所刊《蘇文忠公居儋錄》，一為清代所刊《蘇文忠公海外集》。分別收藏於中央研究院歷史語言研究所傅斯年圖書館，及國立師範大學國文系圖書館。其中詩作部分，缺漏甚多，乃至雜采前期詩作於其中，真偽莫辨。

就明代刊本《蘇文忠公居儋錄》言：

> 因序文有缺頁，亦未見他家著錄，故刊板年月不詳。就字體觀之，殆為明萬曆間物。……除此明刊本外，江蘇省立國學圖書館，藏有清康熙刻本一部（見該館書目），或清初曾重刻，或即就明版修補印行，以未目驗，無從考覈。〔註 2〕

以上所引乃王景鴻〈蘇東坡著述版本考〉論及此集者。與筆者親見，可互為印證：紙張殘損缺頁，目錄輯有詩題而書中不見其詩，很難窺得全貌。後於中央圖書館，方志叢刊《儋縣志》卷之十，發現有《蘇文忠公居儋錄》刊刻其中，前有序文云：

> 先生居儋四年，所遺舊刻板無存，予蒞任至今，屢求不獲，適學博文君出所藏真本示予曰：「先生之有光於儋也，數百年來所恃以考證者惟此而已！此帙一廢，則後必無徵，儋其如先生何？」用是按卷分編，重付剞劂。〔註 3〕

文末題：「康熙甲申四十三年仲秋月，奉直大夫知儋州事韓佑序」，顯然此版乃清康熙刻本。則景鴻先生所云：「江蘇省立國學圖書館，藏

〔註 2〕王景鴻〈蘇東坡著述版本考〉，分上下兩篇，分載於《書目季刊》四卷二期，頁 13～54；及四卷三期，頁 41～81。民國 58 年 12 月及 59 年 3 月刊行。

〔註 3〕此段序文，附載於《儋縣志》卷之十〈藝文志〉部分，為《中國方志叢書》一部份。此套叢刊為成文出版社於民國 56 年印行。

有清康熙刻本一部」，蓋與此本相同。其內容十分完整，卷五詩篇部分，類目分明，與明本相較，增補刪訂，類次整理之功不可沒。

就清代刊本《蘇文忠公海外集》言：

此集共分八冊，爲東北大學寄存圖書。集前序文：

> 公晚歲，詩文益超上乘，最後謫瓊，有居儋一錄……余自髫齡時已惜其書不行於世，又以不得至其地而讀之爲憾矣。歲癸未授官臨邑，始得拜公遺像，新公祠宇，並索讀是編，渺不可得。適定安歲進士王君沂元，與余有詩文交，出原本相示……然是編也，自公渡海以訖移廉中間詩文，不盡儋耳之作，而獨繫以居儋，毋亦隘乎？……用是搜羅殘缺，正其譌謬加以編注、評隲，卷帙遂夥。……更其名曰「海外集」。

序末署云：「時甲申冬月江都樊庶，題于臨高公署之四如堂」。甲申，康熙四十三年歲次，則與康熙本《居儋錄》同年刊印，惟時間稍後耳！不同於《居儋錄》者，乃其編注、評隲部分，內容亦多所搜羅，惟雜有惠州、廉州之詩作。更有杭州、揚州等處之作品。既以「海外」爲集名，實不應有所摻雜。

此類刊本既不足爲據，茲另擇東坡詩文集刊本之精密詳贍者，得查愼行《補註東坡先生編年詩》（即《蘇詩補註》）及王文誥《蘇文忠公詩編註集成》兩種〔註4〕。取來與《居儋錄》、《海外集》互爲考校，

〔註4〕查愼行《蘇詩補註》，今日所見善本乃清乾隆辛巳二十六年、廣陵查氏香雨齋刊本。《四庫提要》稱：「愼行是編，凡長衡等所竄亂者，並勘驗原書，一一釐正；又於施注所未及者，悉蒐採諸書以補之；其間編年錯亂及以他詩溷入者，悉考訂重編」。又云：「考核地理，訂正年月，引據時事，元元本本，無不具有條理。非惟邵註新本所不及，即施註原本亦出其下。現行蘇詩之註，以此本居最。」
王文誥《蘇文忠公詩編註集成》，爲嘉慶二十四年鐫，武林韻山堂藏版，台灣學生書局印行。阮元爲作序云：「讀王君之書，知其涉歷諸家，精校博考，然後能集註家之成，而發其所未及。」又凡例云：「《蘇文忠公詩編註集成》者，一曰編，一曰註，彙爲集成也。編者，施註編年創始也，查氏改編補編，則改施誤編，補編未編也。」全書立總案，以統其詩，又訂正誌傳，以統其案，從考覈事實及排次年

另參酌《東坡紀年錄》（宋・傅藻撰）及《東坡年譜》（宋・施宿撰），檢出所需之詩篇，並加以增補，共得詩八十七篇，一百三十九首：

四言：五篇　十三首

五言：古體，四十八篇　七十一首

　　　律詩，四篇　十三首

　　　絕句，一篇　一首

七言：古體，八篇　八首

　　　律詩，十一篇　十五首

　　　絕句，十篇　十八首

觀此數據，可明顯看出五言古詩，佔絕大部份，此與東坡晚年大量「和陶」有關。至於瓊州詩篇目部份，請參酌文後附表，及其說明。

月而言，此集較前諸家註，實爲精密詳盡。

第二章　政治背景與謫遷始末

東坡謫遷瓊州，與北宋黨爭有關，非從北宋政治背景談起不可。故以本章，索其根源：

北宋黨爭，起於變法，變法起於外患。太祖以兵變得政，遂奪藩鎮之權，重用文人。且勒石鎖置殿中，使嗣君即位，入而跪讀，其戒有三：(一) 保全柴氏（後周）子孫；(二) 不殺士大夫；(三) 不加農田之賦（王夫之《宋論》卷一）。此其盛德。然則「不殺士大夫」之誓，使有宋一代，文臣無歐刀之辟。歷代士大夫寵譽之高，責任之重，無過於此者，故而產生：「士當先天下之憂而憂，後天下之樂而樂」（范仲淹〈岳陽樓記〉）之士大夫精神。惟其下焉者，常好持苛論，不切於事理。喜論朝政之風尚既成，爭辯遂起，積久而派系互分，朋黨對峙。始則出於救國熱誠，然其末流，未免趨於傾軋報復（方豪《宋史》第八章第一節）。東坡謫遷，導源於此。

第一節　安石變法東坡見斥

北宋太祖重文輕武，導致西北邊患頻仍，眞宗以後，政府對西夏、契丹，納幣求和政策，早使國困民貧。積弱不振所暴露之制度流弊已深，更弦改轍，方是救亡圖存之道。首倡改革之道者，爲仁宗慶曆年間，范仲淹任參知政事所行之新政。無奈旋爲臺諫所沮，怨謗集身，終至掛冠而去。英宗即位，積弱如故，而財政拮据日甚。神宗夙有大志，早有富民強國之心，初即帝位，語文彥博曰：「天下敝事至多，不可不革」。又曰：「當今理財，最爲急務，養兵備邊，府庫不可不豐」（《宋史・神宗本紀》卷十四）。又以英宗之朝，王安石屢召不起，行誼高於一時，韓維兄弟極稱揚之，時神宗在潁邸，維爲記室，每講述見稱，輒曰：「此非維之說，維友王安石之說也」。神宗久重之，想見其人。

王安石，字介甫，撫州臨川人。生於眞宗天禧五年（1021 年），長蘇軾十六歲。仁宗嘉祐五年（1060 年）任三司度支判官，掌中央財務事宜，因上仁宗皇帝萬言書。大要有三：（一）財政維艱，民生凋弊，法制必改，以合時用；（二）拔擢人才，當教之、養之，而後取任；（三）因天下之力以生財，取天下之財以供費，此圖強之道也。則安石變法之蘊，已略見於此書，惜仁宗未用耳；終英宗之朝，安石未嘗起，蓋有所待也！神宗即位，不久果召安石入翰林，欲用爲相。然朝中重臣多反對。早年安石爲歐陽修所善，名盛一時，蘇洵獨著〈辨姦論〉，譏其「衣巨盧之衣，食犬彘之食，囚首喪面而談詩書」，此不近人情者「鮮不爲大奸慝」（《嘉祐集》），果見用，必誤天下蒼生。至此，帝問侍讀孫固：「安石可相否？」固曰：「安石文行甚高，處侍從獻納之職可矣，宰相自有度，安石狷狹少容」。又唐介言安石難大任，以其「好學泥古，故論議迂濶，若使爲政，必多所變更」。韓琦云其「爲翰林學士則有餘，處輔弼之地則不可。」（見《宋史》唐介、韓琦等傳）然而神宗猶力排眾議，竟以安石參知政事。熙寧新法，於焉展開，廊廟之爭，自此永無休止。

新法既行，一時名流，皆不願與之合作。實則安石於掌政之初，即以「十人理財，其中容有一二敗事」爲言，要神宗不當爲「異論」所惑，而廢所圖，否則將少成事。神宗納其言，遂乾綱獨斷，助長其威勢。司馬光，原爲安石至友，嘗規以侵官、生事、征利、拒諫四事。安石云：

> 受命於人主，以法度修之朝廷，授之有司，不爲侵官；舉先王之政，以興利除弊，不爲生事；爲天下理財，不爲征利；闢邪說，難壬人，不爲拒諫。至於怨誹之多，則固前知其如此也。人習於苟且非一日，士大夫多以不恤國事，同俗自媚於眾爲善，上乃欲變此，而某不量敵之寡眾，欲出力助上以抗之，則眾何爲而不洶洶？（《王荊公集・答司馬諫議書》）

觀此，知安石實勇於任事，卻難免固執。終至親友反目，謗怨集於一身。由制置三司條例司，掌經畫邦計，議變舊法，以通天下之利始，至農田水利、青苗、均輸、保甲、免役、市易、保馬、方田諸役，天下皆言其不便，而安石獨是之，攻之者多而助之者少，得一附和者，常知己恨晚。若呂惠卿者，初以議論相合，安石薦於神宗，以爲檢詳文字，事無大小，必與之謀，凡所建請章奏，多惠卿筆之；曾布既爲簡正五房公事，凡有奏請，朝臣以爲不便者，布必上疏條析，以堅帝意，使專任安石，以威脅眾，俾毋敢言，由是安石信任布，亞於惠卿。若章惇、陳升之等要皆新進之人，安石擢爲新法健將。舉凡反對新法者，皆遭排斥，如：富弼、韓琦、文彥博、歐陽修、范鎮、宋敏求、蘇軾、呂公著、程顥、楊繪、范純仁、劉琦、趙抃、錢顗等皆是。熙寧新政，使朝中形成兩大派系，一以王安石爲首，與安石共事及其後執行新法者附焉，主張變革，是謂新黨；一以司馬光爲首，主張祖宗法度不可遽改，韓琦、富弼、呂誨、蘇軾兄弟、范純仁等屬之，是謂舊黨。新黨，不乏急功躁進，迎合附會之徒，故多小人；舊黨，要皆元老重臣，朝中士大夫之有德者，故後世目之爲君子。然以政治主張之互不相讓，遂演爲黨派之爭，二者之間形同水火。若司馬光所云：「臣之與安石，猶冰炭之不可共器，若寒暑之不可同時」（《司馬溫公文集》卷一，〈奏彈王安石表〉），爲消彌反對勢力，安石不惜芟除老成，力排舊黨。此北宋新舊黨爭，罷黜政敵，無所不用其極之始作俑者。

東坡、子由兄弟，與安石初無嫌隙。新政推行之際，安石尚以蘇轍與呂惠卿並爲檢詳文字（見《宋史紀事本末》卷三十七，〈王安石變法〉）。後因新法名目甚繁，吏緣爲奸，百姓未獲其利先受其害，東坡議新法不便，遂忤安石。自此兄弟二人捲入政治風暴中，終其一生，不得解脫。仁宗嘉祐元年（1056 年），東坡年廿一，與弟轍隨父洵入京赴考。二年，同時進士及第，《宋史・蘇軾傳・論》云：「軾弱冠，父子兄弟至京師，一日而聲名赫然，動於四方」，蓋指此也。仁宗初讀軾制策，退而喜曰：「朕今爲子孫得兩宰相矣」（《宋史》本傳）。歐陽修尤其推崇東坡之才學，曾語人曰：「吾當避此人出一頭地。」聞者始譁不厭，久乃信服（《蘇文忠公詩編註集成》卷一）。後以才識兼茂，薦之秘閣。東坡之見稱於朝野，歐公援引之功也。

英宗治平二年乙巳（1065 年），東坡三十歲。自鳳翔職官任滿還朝，入判登聞鼓院，英宗素聞其名，欲以唐故事召入翰林知制誥，宰相韓琦以爲不可，謂其才遠大器，當爲天下用，然須在朝廷培養，使天下之士莫不畏慕降伏，倘若驟用，恐天下之士未必以爲然，適足以累之。遂召於學士院試二論，得直史館。其受知遇於英宗，未得順遂於仕途，韓琦雖以愛才沮其進，實亦時運之不佳也。治平三年四月，父親蘇洵，編《太常因革禮》一百卷，方奏上，旋即病逝京師。東坡遂與弟蘇轍具舟，護喪歸蜀（《宋史・蘇洵傳》，卷四四三）。待熙寧二年（1069 年）除喪還朝，王安石已專政，且以呂惠卿、曾布等人爲謀主，正「儇少競進之日，群小得志之秋。」（《蘇文忠公詩編註集成》卷六），惠卿既輔新法，忌東坡才高，遂閒之。安石素惡東坡議論異己，遂以「殿中丞直史館」抑置官告院。其後司馬光、范鎮相繼薦東坡爲諫官，皆不許（《東都事略・司馬光傳》）。

神宗熙寧四年辛亥（1071 年），東坡卅六歲。安石欲變科舉、興學校，詔兩制三館議之。東坡以爲變改無益，徒生紛亂以患天下，乃上〈議學校貢舉狀〉（《續資治通鑑》卷六六）云：「得人之道在於責實，使君相有知人之才，朝廷有責實之政，則胥吏皂隸未嘗無人，而況學校貢舉乎？」（《東坡全集》卷二五）神宗得議大悟曰：「吾固疑此，得蘇軾議，意釋然矣。」即日召見。問當今政令得失？東坡對曰：「臣竊意陛下求治太急，聽言太廣，進人太銳，願陛下安靜以待物之來，然後應之。」上竦然聽受，曰：「卿三言，朕當詳思之。」（蘇轍〈東坡墓誌銘〉）由是安石之黨大不悅，命攝開封府推官，意以多事困之，不意東坡雖爲文士，然決斷精敏，聲聞由是益遠。乃上神宗皇帝書，願陛下結人心，厚風俗，存綱紀；再上神宗皇帝書，力陳新法之弊，皆不報。後以安石贊神宗獨斷專任，東坡因試進士發策，以「晉武平吳，以獨斷而克；苻堅代晉，以獨斷而亡；齊桓專任管仲而霸，燕噲專任子之而敗，事同功異」爲問，安石滋怒，使御史謝景溫誣奏其過（《宋史・蘇軾傳》卷三一六）。景溫，安石姻家也。恐軾爲諫官攻安石之短，言東坡父死，具舟歸喪往復，多差人船販私鹽（《續通鑑》卷六八）。後雖窮治無所得，然安石排斥之意圖既張，東坡終究不安於朝，遂請補外，通判杭州。新黨得勢，縱有缺失，亦不容人直言批評，東坡論事無諱，自是安石所懼，加以器識閎偉，文章雄雋，聲名遠盛，苟不外放，新法危矣！故自通判杭州後，移知密州（熙寧七年）、知徐州（熙寧十年）、知湖州（元豐二年）前後近十年，皆不得任官於京師。補外期間，東坡猶不忘譏切時政，以期有補於國，加惠庶民。然而更大之災難亦隨之而起，日後宦海浮沈，流放嶺海，要皆新舊黨爭，群小構陷之所致。當年仁宗喜得之宰相，遂致終身不爲子孫用。安石雖罷政，首排東坡之咎，豈容辭焉？

第二節　烏臺詩案遺患無窮

東坡在杭州任，最後一年，亦即熙寧七年甲寅（1074 年）春，以久旱不雨，饑民流離於途，神宗甚憂之，欲盡罷法度之不善者，近臣與后族，亦無不言其害。時有鄭俠者，初爲光州司馬參軍，滿秩入京，監安上門。會歲饑，征歛苛急，東北流民每風沙霾曀，扶攜塞道，羸疾愁苦，身無完衣，或茹木實草根，至身披鎖械而負瓦揭木，賣以償官，累累不絕，乃繪所見爲圖以進。帝反覆觀圖，長吁數四。慈聖、宣仁兩太后嘗流涕謂帝曰：「安石亂天下。」帝始疑之，至此罷新法，安石不自安，遂罷觀文殿大學士，知江寧府（《宋史紀事本末》卷三十七〈王安石變法〉）。然其去職，猶乞韓絳代己，又薦呂惠卿爲參知政事。帝從其請「兩人守其成謨，不少失，時號絳爲傳法沙門，惠卿爲護法善神」（《宋史・王安石傳》）。故安石雖去，新法守之益堅。次年（熙寧八年），安石復拜相，惠卿既爲執政，「忌安石復用，遂欲逆閉其途，凡可以害安石者，無所不用其智。」（《宋史紀事本末》卷三十七），安石不復爲神宗信任，堅請退休，自此不再過問朝政，然其深悔爲呂惠卿所誤。一時朝士見惠卿得君，更相朋附。鄭俠上疏論惠卿朋黨壅蔽，遂遭貶竄。凡名臣諫疏有言新法事，及親友書尺論及者，悉按姓名治之。以鄭俠篋中藏有名臣諫疏錄，惠卿欲致俠以死。神宗「以俠所言非爲身，忠誠亦可嘉，豈宜深罪，但徙英州」（見同上）。新法至此，遂成惠卿立黨肆奸之藉口。東坡於密州任，極論手實法之酷，并論方田均稅之患（《蘇文忠公詩編註集成》卷一二）。熙寧八年十月，惠卿罷知陳州，其所創之手實法亦罷去，民得稍安。然其以「諫疏」治人以罪之技倆，爲臺諫小人構陷東坡提供最佳模式。

神宗元豐二年己未（1079 年），東坡四十四歲。罷徐州任，於三月徙知湖州，四月到任，〈進湖州謝上表〉云：

> 伏念臣性資頑鄙，名迹堙微，議論闊疏，文學淺陋。凡人必有一得，而臣獨無寸長。荷先帝之誤恩，擢寘三館；蒙陛下之過聽，付以兩州。非不欲痛自激昂，少酬恩造，而才分所局，有過無功。法令具存，雖勤何補。罪固多矣，臣猶知之。夫何越次之名邦，更許借資而顯授。顧惟無狀，豈不知恩。此蓋伏遇陛下，天覆群生，海涵萬族。用人不求其備，嘉善而矜不能。知愚不識時，難以追陪新進。察其老不生事，或能牧養小民。（《經進東坡文集事略》卷二五）

不意，監察御史裏行何正臣，上劄論蘇軾謝上表：「其中有言：『愚不識時，難以追陪新進。老不生事，或能牧養小民。』愚弄朝廷，妄自尊大。」又以爲「一有水旱之災，盜賊之變，軾必倡言歸咎新法，喜動顏色，惟恐不甚。」、「謗訕譏罵，無所不爲。」（朋九萬，函海本《東坡烏臺詩案》）更取東坡外任期間，以事不便民，「緣詩人之義，託事以諷」（〈東坡墓誌銘〉）之詩文，進呈神宗。舒亶、李定、李宜之等相繼上箚，爭言蘇軾「包藏禍心，怨望其上，訕讟慢罵，無復人臣之節。」（舒亶）、「上聖興作，新進仕者，非軾之所合，軾自度終不爲朝廷獎用，銜怨懷怒，恣行醜詆，見於文字，眾所共知。」（李定）

> 陛下發錢，以本業貧民，則曰：「贏得兒童語音好，一年強半在城中」；陛下明法以課試郡吏，則曰：「讀書萬卷不讀律，致君堯舜知無術」；陛下興水利，則曰：「東海若知明主意，應教斥鹵變桑田」；陛下謹鹽禁，則曰：「豈是聞韶解忘味，邇來三月食無鹽」。其他觸物即事，應口所言，無一不以譏謗爲主，小則鏤板，大則刻石，傳播中外，自以爲能……按軾懷怨天之心，造訕上之語，情理深害，事至暴白。雖萬死不足以謝聖時。（〈監察御史裏行舒亶箚子〉）

又如：

> 軾有可廢之罪四：昔者堯不誅四凶，而至舜，則流放竄殛之，蓋其惡始見於天下也。軾先騰沮毀之論，陛下稍置之不問，容其改過，軾怙，終不悔。其惡已著，此一可廢也。古人教而不從，然後誅之，蓋吾之所以俟之者盡，然後戮辱隨焉。陛下所以俟軾者，可謂盡，而傲悖之語，日聞中外，此二可廢也。軾所爲文辭，雖不中理，亦足以鼓動流俗，所謂言僞而辨。當官侮慢，不循陛下之法；操心頑愎，不服陛下之化，所謂行僞而堅。言僞而辨，行僞而堅，先王之法當誅，此三可廢也。書刑故無小，知而爲，與夫不知而爲者異也。軾讀史傳，豈不知事君有禮，訕上有誅，肆其憤心，公爲詆訾，而又應制對策，即已有厭奬更法之意。陛下修明政事，怨不用己，遂一切毀之，以爲非是，此四可廢也。而尚容於職位，

傷教亂俗，莫甚於此。(〈御史中丞李定劄子〉)

東坡詩文，向來流行甚廣，其譏訕新法，或有諫之太急者，然要皆爲感悟聖上，庶幾有補於國。卻以盛名招忌，不免得禍。〔註1〕其中御史中丞李定，早年受學於安石，後以邪諂竊臺諫之位，又不服母喪，東坡以爲不孝，作詩諷惡之，定以爲恨。〔註2〕至是摭拾東坡詩文，論成「訕謗罪」，逮赴臺獄，欲置之死地(《詩讞》引《聞見錄》云)。趙翼云：「東坡一生，以才得名，亦以才得禍。當熙寧初，安石初行新法，舉朝議論沸騰，劉貢父出倅海陵，坡送之，詩云：『君不見阮嗣宗，臧否不掛口；莫誇舌在齒牙牢，是中惟可飲醇酒。』是固知當時語言文字之必得禍矣。及身自判杭，則又處處譏訕新法，見之吟詠，致有烏臺詩案，幾至重辟。」(《甌北詩話》卷五)群小之無所不用其

〔註1〕據王銍《元祐補錄》云：「沈括素與蘇軾同在館閣，軾論事與時異，補外。括察訪兩浙，陛辭。神宗語括曰：『蘇軾通判杭州，卿其善遇之。』括至杭與軾論舊，求手錄近詩一通，歸籤貼以進，云：『詞皆訕懟』。軾聞之，復寄詩劉恕戲曰：『不憂進了！』其後李定、舒亶論軾詩置獄，實本於括。」當時神宗雖不問軾罪，舉朝皆知此事(王文誥《蘇文忠公詩編註集成．總案》卷一九，頁776，學生書局版，亦曾引載)。察沈括之用心，不外「忌才」耳！元祐中，東坡再知杭州，括閒廢在潤，往來迎謁恭甚，其爲人可知。

〔註2〕王安石薦李定爲諫官，李定嘗不持母服，臺諫給舍皆論其不孝，不可用。東坡有詩云：

嗟君七歲知念母，憐君壯大心愈苦。
羨君臨老得相逢，喜極無言淚如雨。
不羨白衣作三公，不愛白日昇青天。
愛君五十著綵服，兒啼卻得償當年。
烹龍爲炙玉爲酒，鶴髮初生千萬壽。
金花詔書錦作囊，白藤肩輿簾蹙繡。
感君離合我酸辛，此事今無古或聞。
長陵朅來見大姊，仲孺豈意逢將軍？
開皇苦桃空記面，建中天子終不見。
西河郡守誰復譏，潁谷封人羞自薦。(《蘇軾詩集》卷八)

詩題爲〈朱壽昌郎中，少不知母所在，刺血寫經，求之五十年，去歲得之蜀中，以詩賀之。〉實則借朱壽昌尋母五十載之孝心，諷刺李定之不孝。尤以最後兩句，凡讀此詩者，莫不了然於胸。李定自己懷恨在心，伺機報復。

極以排除異己，此又一端也。

烏臺，亦即御史臺，掌糾察、官邪肅、正紀綱。凡群臣犯法大者，多下御史臺根勘（參見《宋史》〈職官志〉、〈刑法志〉）。諫官言東坡以詩文謗訕朝政，舉冊進神宗，乃送御史臺根勘。由於牽連者，非一人一時之事，臺獄遣皇甫遵到潮州追攝，此乃有名悍吏，東坡就逮，郡人送者雨泣。張方平、范鎮上疏論救，蘇轍乞納在身官贖兄罪，皆不報。群小乞不赦，并論張方平、司馬光、范鎮等罪當誅，欲盡陷於法。鍛鍊久不決。李定鞫獄，必欲置其死。神宗憐之，會宰相吳充申救甚力，〔註3〕且太皇太后於違豫中聞軾以作詩繫獄得罪，諭神宗曰：「嘗憶仁宗以制科得軾兄弟甚喜，謂與子孫得兩宰相。今繫獄得罪，非小人忌才中傷之乎？捃至於詩，其過微矣，宜熟察之」（《宋元通鑑》卷三七）；同修起居注王安禮亦云：「自古大度之君，不以言語罪人。」故促具獄。元豐二年，十二月二十九日東坡責授水部員外郎，充黃州團練副使本州安置，不得簽書公事，蒙恩出獄。受牽累者，張方平、李清臣等各罰銅三十斤。司馬光、范鎮、錢藻、劉攽、李常、劉摯、黃庭堅、錢世雄等各罰銅二十斤。王詵勒停，王鞏謫監賓州鹽酒務，弟蘇轍謫監筠州，鹽酒務令（以上諸人牽累受罰之事，《烏臺詩案》記載甚詳）。

百餘日牢獄期間（元豐二年八月十八日赴臺獄，到十二月二十九日出獄），牽累既眾，獄吏見侵，東坡自度不能堪死獄中，恐不得一別子由，故作二詩授獄卒梁成，以遺子由，詩云：「聖主如天萬物春，小人愚暗自亡身；百年未滿先償債，十口無歸更累人。是處青山可埋骨，他時夜雨獨傷神；與君今世爲兄弟，又結來生未了因。」又云：

〔註3〕呂本中《雜說》云：「蘇子瞻自湖州以言語刺譏，下御史獄。吳充方爲相，一日問上：『魏武帝何如人？』上曰：『何足道！』充曰：『陛下動以堯舜爲法，薄魏武固宜。然魏武猜忌如此，猶能容禰衡。陛下以堯舜爲法，而不能容一蘇軾，何也？』上驚曰：『朕無他意，止欲召他對獄，考覈是非爾，行將放出也』」。（王文誥《蘇文忠公詩編註集成》卷十九引）

「柏臺霜氣夜淒淒，風動琅璫月向低，夢繞雲山心似鹿，魂驚湯火命如雞。眼中犀角眞吾子，身後牛衣愧老妻，百歲神遊定何處，桐鄉知葬浙江西」（《蘇軾詩集》卷一九）；驚怖已極，命如懸絲；不意蒙恩責授黃州，其劫後餘生之心情，自是痛悔、慶幸、狂喜摻雜莫辨。然神宗皇帝之於東坡，猶存愛才之心，由此可知。

熙寧二年，東坡除喪歸朝，神宗有意擢置朝廷大用，然以安石力沮之，終未得展其才能。如：東坡上〈議學校貢舉狀〉，神宗即日召見，勉以「凡在館閣，皆當爲朕深思治亂，無所有隱」；熙寧四年，上元勑府市浙燈，且令損價，東坡上〈諫買浙燈狀〉，及奏，上即詔罷之（事見《蘇文忠公詩編註集成》卷六）等事，皆讓東坡驚喜過望，感泣良深，以爲有君如此，當披露腹心，捐棄肝腦，盡力所至，不知其他。又熙寧七年，東坡在密州，以神宗有意思罷新法，乃屢上奏疏，極論手實法之酷，並論方田均稅之患，京東河北榷鹽之害；其免役法，請用五等古法補救之（見同上，卷一二）。元豐二年，正月約滕甫議奉行新法，以元豐初，政與熙寧異矣！知神宗已隨事救改，因與甫議相約，期以晚節報效神宗（同上，卷一九）。故蘇軾繫御史獄時，神宗本無意深罪之，而宰臣王珪進呈，忽言蘇軾於陛下有不臣意。神宗改容曰：「蘇固有罪，然於朕不應至是，卿何以知之？」珪因舉軾檜詩「根到九泉無曲處，世間惟有蟄龍知」之句對曰：「陛下飛龍在天，軾以爲不知己，而求之地下之蟄龍，非不臣而何？」上曰：「詩人之詞，安可如此論，彼自詠檜，何預朕事？」珪語塞。章惇亦從旁解之曰：「龍者，非獨人君，人臣俱可以言龍也」。上曰：「自古稱龍者多矣。如荀氏八龍，孔明臥龍，豈人君也？」遂薄其罪（《通鑑長編紀事本末》卷六二）。神宗之憐東坡，不忍終棄，其來有自也。

元豐三年庚申（1080 年）到七年甲子（1084 年）五年之間，東坡在黃州，神宗數有意復用之，輒爲當路者沮之。神宗嘗語宰相王珪、蔡確曰：「國史至重，朕意欲俾蘇軾成之。」珪有難色，神宗曰：「軾不可，姑用曾鞏。」鞏進《太祖總論》，神宗意不允。上復有旨起軾，以本官知江州。中書蔡確、張躁受命，王震當詞頭，明日改承議郎江州太平觀，又明日命格不下。神宗卒出手扎，移軾汝州，有「蘇軾黜居思咎，閱歲滋深，人材實難，不忍終棄」之語（《通鑑長編紀事本末》卷一〇二）。後東坡又乞田常州，願居之。朝奏，夕即報可。神宗復用之意甚明，惜元豐八年三月神宗駕崩，未及親擢東坡於重任。後有元祐回朝詔命，蓋神宗遺意也。然而黨爭之禍，愈演愈烈，東坡居高位，不免又爲眾矢之的，而言官多爲敵黨，紛紛祖述烏臺案謗訕之說，交攻不已。其欲抗章自辯，而當軸者又恨其積以論事，終不見容。嶺海之流放，得罪之始末，皆與詩案謗訕之說相牽繫，故其遺患無窮矣。

第三節　宣仁臨朝誣謗叢生

元豐八年（1085 年）三月，神宗駕崩，哲宗即位，宣仁高太后垂簾臨朝同聽政。旋即散遣修京城役夫，止造軍器及禁廷工技，出近侍尤無狀者，戒中外無苛歛，寬民間保戶馬。時司馬光已罷官居雒十五年矣。田夫野老皆號爲司馬相公，婦人孺子亦知有君實。此刻因聞先帝喪，入臨，衛士見光，皆手加額，民遮道呼：「公無歸雒，留相天子，活百姓」。所至，人聚觀之（《宋史紀事本末》卷四三）。五月，果以光爲門下侍郎，時蔡確、韓縝爲尚書左右僕射，兼門下中書侍郎，章惇知樞密院事，天下之民皆引領拭目，以觀新政。朝廷旋即詔罷：保甲、方田、市易、保馬等法，而議者猶謂：「三年無改於父之道。」司馬光答曰：「先帝之法，其善者雖百世不可變，若安石、呂惠卿所建，爲天下害，若救之，當如救焚拯溺，況太皇太后以母改子，非子改父也」，眾議稍止。然孔子云：「三年無改於父之道」，此孝子居喪，志存父在之道，不必指事而言，「況當易危爲安，易亂爲治之時，速則濟，緩則不及，改之乃所以爲孝也。天子之孝，在於保天下，光不即理言之，意曰以母改子，非子改父，以此遏眾議，則失之矣。」（《宋史紀事本末》卷四三，引羅從彥語）。其後紹聖年間哲宗親政，極力排陷忠良，遂害於治，司馬光此番言論，蓋有以召之耶？

宣仁垂簾，頗復用元老重臣。元祐元年，東坡以七品服入侍延和殿，改賜銀緋（六品官），子由則赴右司諫任。時章惇以言者論其讒賊狠戾，罔上蔽明，不忠之罪與蔡確、韓縝、張躁等朋邪害正，同遭貶斥。司馬光請悉罷免役錢，復差役法，東坡因上議免役法以爲不可廢，遂與司馬光政見相左，乃爲光之黨羽所怒：

> （軾）遷中書舍人，時（司馬）君實方議改免役爲差役。（差役）行於祖宗之世，法久多弊，編户充役，不習官府，吏虐使之，多以破產，而狹鄉之民，有不得休息者。先帝知其然，故爲雇役，使民以高下出錢，而無執役之害。行法者不循上意，而雇役實費之外，取錢過多，民遂以爲病。若量出爲入，無多取於民，則足矣。君實爲人忠信有餘，而才智不足，知免役之害而不知其利，欲一切以差役代之。方差官置局，公亦與其選，獨以病在告，而君實不悅。公嘗見之政事堂，條陳不可，君實忿然。公曰：「昔韓魏公刺陝西義勇，公爲諫官爭之甚力，魏公不樂，公亦不顧。軾昔聞公道其詳，豈今日作相，不許軾盡言耶」？君實笑而止。公知言不用，乞補外，不許，君實始怒有逐公意。會其病卒，乃已。時臺諫多君實之人，皆希合以求進，惡公以直形己，爭求公瑕疵，既不可得，則因緣熙寧謗訕之說以病公，公自是不安於朝矣。（蘇轍《欒城後集》，〈東坡墓誌銘〉）

此安石變法以來，新舊黨爭再度掀起高潮之導因。此後朝中，形成新黨、朔黨、洛黨、川黨紛立之局面。新黨：指安石新政之附從者而言，由於元祐罷一切新法，要皆罷去，若呂惠卿、蔡確、章惇等，故積恨舊黨尤深。元祐元年五月，韓維拜門下侍郎（韓維者，乃神宗居潁邸時，日夕稱薦王安石之人），自韓維出，朔黨遂起。先是韓絳，以附王安石取得相位，其弟縝又繼爲相，與呂惠卿、蔡確、章惇、蔡京，皆先後有關連。其門生故吏，此趨彼附，本屬一氣，無從區別。時子由為諫官，將此數姦攻去，其黨甚切齒之。時韓維尚為執政，引用親舊，分布要近。明年（元祐二年）刑部侍郎范百祿、諫官呂陶等復將韓維攻去。因范、呂二人皆為川人又與東坡友善，於是朔黨指東坡為川黨（事見《蘇文忠公詩編註集成》卷二九），東坡未嘗以黨魁自居，只因起於憂患，驟履要地，又因弟弟蘇轍元祐四年除為吏部侍郎，執政意傾子由，遂構難東坡。東坡屢遭誣謗讒毀，事出有因。

洛黨，以程頤為首。初，頤為崇政延和殿講讀，其在經筵多用古禮，人多謂其不近人情。元祐元年九月，司馬光卒，百官方有慶禮，事畢，欲往弔。頤不可，曰：「子於是日哭則不歌」或曰：「不言歌則不哭」，東坡諷嘲程頤：「此枉死市叔孫通，制此禮也」，二人遂成嫌隙。頤之門人右司諫賈易、左正言朱光庭等，乃劾軾策問謗訕。程、蘇交惡，其黨互相攻訐，又指東坡為蜀黨（《宋史紀事本末》卷四五）。而韓維既去，其黨皆在，遂由劉摯、梁燾、王嚴叟、劉安世，撫而有之，自是互相援引，此攻彼擊，詭變百出，日以叫囂，攪擾為事（《蘇文忠公詩編註集成》卷二七，王文誥案朋黨禍起之語），要言之：司馬光卒後，呂公著獨當國，群賢咸在朝，不能不以類相從，遂有洛、蜀、朔黨之分。洛黨，以頤為首，而朱光庭、賈易為輔；蜀黨，以蘇軾為首，而呂陶等為輔；朔黨，以劉摯、梁燾、王嚴叟、劉安世為首，而輔之者尤眾。當是時，熙寧用事之臣（新黨），退居散地，怨入骨髓，陰伺間隙。然諸賢不悟，猶各為黨比，以相訾議。誠如范純仁所云：

> 朋黨之起，蓋因趣向異同：同我者謂之正人，異我者疑為邪黨，既惡其異我，則逆耳之言難至；既喜其同我，則迎合之佞日親；以至眞僞莫知，賢愚倒置，國家之患，率由此也。（《宋史・范純仁傳》卷三一四）

紹聖初，新黨復用，劉摯、梁燾、韓維、劉安世猶不免為熙寧用事之臣反戈攻之，而欲致其死，何況洛、蜀之黨，皆單門也，各以文學為氣類，其人皆釐然可數，半皆酸澀，毫無囊橐，又豈能與累朝累世權姦將相、合群羽翼相抗？元祐君子之失，未有大於此者。

東坡自元祐元年入侍延和殿，三月遷中書舍人，八月遷翰林學士知制誥，十一月召試學士院，拔畢仲游、黃庭堅、張耒、晁補之，並擢館職。元祐二年，進兼侍讀。其後數年，曾以龍圖閣學士知杭州、潁州、揚州。歷任兵部、禮部等尚書。此宣仁臨朝，完成神宗復用東坡之遺志耳：

> 一日公鎖宿禁中，中使宣召入對內東門小殿，簾中出：除目呂公著平章軍國事，呂大防、范純仁左右僕射。既承旨，宣仁諭曰：「官家在此有一事，久待要學士知。」因問：「內翰前年任何官職？」軾曰：「常州團練副使。」曰：「今爲何官？」曰：「臣今待罪翰林。」曰：「何以遽至此？」曰：「遭遇太皇太后、皇帝陛下。」曰：「非也。」曰：「豈大臣論薦乎？」曰：「亦非也。」軾驚曰：「臣雖無狀，不敢自他途以進。」曰：「此先帝意也。先帝每誦卿文章，必歎曰：奇才！奇才！但未及進用卿耳。」軾不覺哭失聲。宣仁后與哲宗亦泣，左右皆感涕。已而命坐賜茶，撤御前金蓮燭送歸院。(《宋史》本傳、《續通鑑長編》均載之)

此番召對與榮寵，亦爲東坡於元祐宣仁垂簾聽政期間，平步青雲，得意政壇之主因。然黨爭既起，臺諫復論奏之，群小交攻之，誣謗叢生矣！

元祐元年十二月，左司諫朱光庭言：「學士院試館職策題云：『欲師仁祖之忠厚，而患百官有司不舉其職，或至於媮；欲法神考之勵精，而恐監司守令不識其意，流入於刻。』又稱『漢文寬大長者，不聞有怠廢不舉之病，宣帝總核名實，不聞有督察過甚之失』。臣以謂仁祖之深仁厚德，如天之爲大，漢文不足以爲過也。神考之雄才大略，如神之不測，宣帝不足以過也。後之爲人臣者，惟當揚其先烈，不當更置之議論也。伏望聖慈，特奮睿斷正考試官之罪，以戒人臣之不忠者。策題，蘇軾文也。」(《通鑑長編紀事本末》卷一〇三)。未幾，傅堯俞、王巖叟亦相繼論列。

元祐二年八月，洛黨賈易投朔黨，攻擊東坡。十二月，監察御史楊康國言：「學士院撰到召試廖正一館職策題：『王莽曹操所以攘奪天下難易』莫不驚駭相視。撰題者蘇軾也」又監察御史趙挺之奏：「蘇軾專務引納輕薄，其舉自代，薦黃庭堅，庭堅罪惡尤大，尚列史局。按軾學術本出《戰國策》，蘇秦、張儀縱横揣摩之說。近日學士院試廖正一館職，乃以王莽、袁紹、董卓、曹操篡漢之術爲問。公然欺罔二聖之聰明，而無所畏懼，考其設心，罪不可赦」。（見同上）

東坡當時，爲翰林學士知制誥，兼侍讀，以群小攻擊不已，上箚以疾乞郡。宣仁諭曰：「兄弟孤立，自來進用皆朝廷主張，今但安心，勿恤人言，不用更入文字求去。」（《蘇文忠公詩編註集成》卷三〇）然而東坡積以論事，爲當軸者恨，恐不見容，一再上乞外任，故於元祐四年三月，除龍圖閣學士，知杭州。

元祐六年正月，召東坡爲吏部尚書，未至，以弟子由除左丞，改翰林丞旨兼侍讀。先是劉摯、劉安世攻敗洛黨，摯已在執政，既乃劉安世劾罷范純仁，及劉摯代純仁爲相，王嚴叟爲樞密使，梁燾爲禮部尚書。劉安世久在諫垣，招徠羽翼，益朱光庭、楊畏、賈易等，失其領袖，皆附朔黨，以干進用。摯擢易爲侍御史，使驅東坡，意在傾子由也。構難方急，於是東坡上論朋黨之患，再乞郡箚（《蘇文忠公詩編註集成》卷三三）。賈易、趙君錫、安鼎復述李定等訕謗之說，摭詩語彈奏東坡與子由，有云：「原軾轍之心，必欲兄弟專國，盡納蜀人，分據要路，復聚群小，俾害忠良，不亦懷險詖覆邦家之漸乎！」之語。更取東坡乞居常州過揚州日，題詩云：「竹寺歸來聞好語，野花啼鳥亦欣然；此生已覺都無事，今歲仍逢大有年。」時逢神宗駕崩，故御史中丞趙君錫言：「先帝上仙，軾作詩喜幸，乞正典刑。」侍御史賈易謂此詩乃「痛心疾首，莫之堪忍者也。」更兼論東坡策題多形譏毀。如：

> 作呂大防右僕射制，尤更悖慢，其辭曰：「民亦勞止，庶幾康靖之期」識者聞之，爲之股慄，夫以熙寧元豐之政，百

官修職，庶事興起其間，不幸興利之臣希冀功賞，不無掊刻，是乃治世之夫，何至比於周厲王之時，民勞板蕩之詩，刺其亂也。軾之爲人，趨向狹促，以沮議爲出眾，以自異爲不群，趨近利昧遠圖，效小信傷大道，其學本於戰國縱橫之術，眞傾危之士也。(《通鑑長編紀事本末》卷一〇三，臺諫言蘇軾)。

有謂賈易，剛狷酷烈，挾私肆憤，在臺，惟務刦持上下，要合己意(《通鑑長編》載鄭雍論賈易趙君錫狀)，觀此彈奏之語，排陷東坡之計亦深矣。故八月，東坡再以龍圖閣學士，知潁州。

元祐七年，二月告下，東坡以龍圖閣學士知揚州。六月轍拜門下侍郎(即參知政事)。八月東坡以兵部尚書召還，兼差充南郊鹵簿使。十一月遷端明殿學士，兼翰林侍讀學士，守禮部尚書。元祐八年三月，御史黃慶基言：「蘇軾天資凶險，不顧義理，言僞而辨，行僻而堅，故名足以惑眾，智足以飾非，所謂小人之雄，而君之賊者也。」與董敦逸論奏蘇軾爲中書舍人日，於制告中，指斥先帝時事，而轍與軾相爲表裏，以紊朝政。於是呂大防奏云：「眞宗即位，施放逋欠以厚民財。仁宗即位，罷修宮觀以息民力，皆因時施宜，以補助先朝闕政，未聞當時士大夫，有以爲謗毀先帝者也。此惟元祐以來，言事官用此以中傷士人，兼欲動搖朝廷，意極不善」。子由亦奏曰：「臣聞先帝末年，亦自深悔已行之事，元祐改更，蓋追述先帝美意而已」。宣仁曰：「先帝追悔往事，至於泣下，皇帝宜深知。」(《蘇文忠公詩編註集成》卷三六)，於是敦逸慶基皆降黜，東坡以兩學士，出知定州。

觀上所舉，自元祐更化，復用舊臣以來，東坡立朝忠耿，報國忘軀，只以剛正嫉惡，遇事敢言，爲政敵所憎，騰口於臺諫之門。自元祐元年遷中書舍人以來，到元祐八年宣仁高太后駕崩之前，屢召屢起，又每爲臺諫謗毀而急乞補外。東坡〈謝宣諭箚子〉云：

弟門下侍郎轍，奉宣聖旨，緣近來眾人正相捃拾，令臣須省事，天慈深厚，如訓子孫，委曲求全，如愛支體，感恩之涕，不覺自零。伏念臣才短數奇，性疎少慮，半生犯患，

> 垂危困讒。非二聖之深知，雖百死而何贖，伏見東漢孔融，才疏意廣，負氣不屈，是以遭路粹之冤；西晉嵇康才多識寡，好善闇人，是以遇鍾會之禍。當時爲之扼腕，千古爲之流涕。臣本無二子之長，而兼有昔人之短，若非陛下至公而行之以恕，至仁而照之以明。察消長之往來，辨利害於疑似。則臣已下從二子遊久矣。豈復有今日哉！（《蘇東坡全集續集》卷一四）

正可說明，此誣謗叢生之期，端賴宣仁之護持。待哲宗親政，此間謗誣之辭，竟盡成罪狀，東坡流放嶺海之命運，實爲群小羅織而成。

第四節　哲宗親政羣賢盡黜

元祐八年癸酉（1093 年），東坡五十八歲。八月，繼配王夫人（同安君）卒於京師。九月，宣仁高太后崩，哲宗親政。東坡已罷禮部尚書任，以兩學士知定州，尚未行。朝中巨變，人懷顧望，中外洶洶，在位者畏懼，莫敢發言。惟東坡與范祖禹，慮小人乘間害政，上諫箚，累奏不報。其後有旨，召還前貶熙寧、元豐內臣。范祖禹恐內侍再入，則章惇、蔡京、呂惠卿、曾布、李清臣必復用。因請對殿上，力諫以爲不可，皆不聽。（《蘇文忠公詩編註集成》卷三六）

東坡俟殿攢畢，方請朝辭，而國是將變。詔促行，不得入見，遂上朝辭赴定州論事狀，言：

> 天下治亂，出於下情之通塞。至治之極，小民皆能自通，迨於大亂，雖近臣不能自達。陛下臨御九年，除執政臺諫外，未嘗與羣臣接。今聽政之初，當以通下情，除壅蔽爲急務。臣日侍帷幄，方當戍邊，顧不得一見而行，況疎遠小臣，欲求自通，難矣。然臣不敢以不得對之故，不致愚忠。古之聖人，將有爲也，必先處晦而觀明，處靜而觀動，則萬物之情，畢陳於前。陛下聖智絕人，春秋鼎盛，臣願虛心循理，一切未有所爲，默觀庶事之利害，與羣臣之邪正，以三年爲期，俟得其實，然後應物而作。使既作之後，

> 天下無恨，陛下亦無悔。由此觀之，陛下之有爲，惟憂太蚤，不患稍遲，亦已明矣。臣恐急進好利之臣，輒勸陛下輕有改變，故進此說。敢望陛下留神社稷宗廟之福，天下幸甚。（《宋史》本傳）

其忘身憂國，冒死進言之苦心，欲感悟哲宗於萬一也。若當時哲宗稍用其言，則黨禍無自而興，靖康之難，亦無由作矣。

初，太后不豫，呂大防、范純仁等問疾。太后曰：「老身受神宗顧託，同官家御殿聽斷，卿等試言九年間，曾施恩高氏否？只爲至公，一男一女病且死，皆不得見。」言訖，泣下。又曰：「先帝追悔往事，至於泣下，此事官家宜深知之，老身沒後，必多有調戲官家者，宜勿聽，公等亦宜早退，令官家別用一番人。」（《宋史紀事本末》卷四四）及崩，呂大防爲山陵使，甫出國門，諫議大夫楊畏首先上疏言：神宗更法立制，以垂萬世，乞賜講求，以成繼述之道。帝即召對，詢以先期故臣孰可召用者？畏遂列上章惇、安燾、呂惠卿、鄧潤甫、王安石、李清臣等行義，各加題品。且言神宗所以建立法度之意，與安石學術之美，乞召章惇爲相。帝深納之，遂復章惇爲資政殿學士，呂惠卿爲中大夫。給事吳安詩，不書惇錄黃，中書舍人姚勔不草惠卿中正誥詞，皆不聽。劉安世極諫章惇等不可用，貶出（《宋史紀事本末》卷四六）。此哲宗親政，主張紹述之禍首，乃楊畏也。

元祐九年甲戌（1094 年）三月，策進士於集英殿，中書侍郎李清臣發策曰：「今復詞賦之選，而士不知勸，罷常平之官，而農不加富。可差可募之說雜，而役法病，或東或北之論異，而河患滋。賜土以柔遠也，而羌夷之患未弭。弛利以便民也，而商賈之路不通。夫可則因，否則革，惟當之爲貴，聖人亦何有心焉。」其意蓋絀元祐之政也。蘇轍遂諫曰：「伏見策題，力詆近歲行事，有紹復熙寧、元豐之意。」並舉漢武外事四夷，內興宮室，財用匱竭，修鹽鐵榷酤均輸之政，民不堪命，幾至大亂，昭帝罷去煩苛，漢室乃定爲例，提醒哲宗：「若輕變九年已行之人，擢任屢歲不用之人，懷私忿而以先帝爲詞，大事去矣。」不意哲宗覽奏大怒曰：「安得以漢武比先帝。」轍下殿待罪，眾莫敢救。後以范純仁力救，轍仍落職知汝州。及進士對策，考官第主元祐者居上，而禮部侍郎楊畏覆考，乃悉下之，以主熙豐者置前列。自是紹述之論大興，國是遂變矣。（見同上）

四月，詔改元祐九年爲紹聖元年，於是天下曉然知帝意所向矣。哲宗首起章惇爲相，惇專以紹述爲國是，遂引其黨蔡卞、林希、黃履、來之邵、張商英等居要地，任言責，協謀報復。章惇嘗言：「元祐初，司馬光作相，用蘇軾掌制，所以能鼓動四方，安得斯人而用之？」或曰：「林希可。」會希赴成都過闕，惇欲使典書誥，逞毒於元祐諸臣，且許以爲執政，希久不得志，請甘心焉，凡元祐名臣貶黜之制，皆希爲之，極其醜詆，更以「老奸擅國」之語，陰斥宣仁，讀者無不憤歎！一日草制罷，擲筆於地曰：「壞名節矣！」（見《宋史紀事本末》卷四六，紹述）章惇又以黃履爲御史中丞，元豐末，履爲中丞，與蔡確、章惇、刑恕相交結，每惇、確有所嫌惡，則使恕道風旨於履，履即排擊之，時謂之四凶。至是章惇復用，俾報復讎怨。元祐舊臣，無一得免矣。

此後，臺諫黃履，周秩、張商英、上官均、來之邵、翟思、劉拯、井亮采等，交章論司馬光等變更先朝之法，叛道逆理。章惇、蔡卞請發司馬光、呂公著冢，斷棺暴尸。帝以此非盛德事，乃止。於是追奪光、公著贈謚，仆所立碑。惇既貶司馬光等，又籍文彥博以下三十人，將息竄嶺表。至元符年間，章惇、蔡京猶組織萬端，恐元祐諸臣之復起，日夜與刑恕等謀，且結內侍郝隨爲助，媒孽宣仁，嘗欲危帝之事，既貶王珪，又起同文館獄，又誣司馬光、劉摯、梁燾、呂大防等，結主宣仁閣內侍陳衍謀廢立。時衍已先得罪配朱崖，又以內侍張士良嘗與衍同主后閣，自郴召還，使蔡京、安惇雜治之，以實其說。京等列鼎鑊刀鋸於前，謂其言有，即還舊職，無，則就刑。士良仰天大哭曰：「太皇太后不可誣，天地神祇不可欺。」乞就戮。京等鍛鍊無所得，乃奏衍疏隔兩宮，斥隨龍內侍劉瑗等於外，以翦除人主腹心羽翼，爲大逆不道，處死。帝頗惑之。至是，惇、卞自作詔書，請廢宣仁爲庶人。皇太后寢，方聞之，遽起謂帝曰：「吾日侍崇慶，天日在上，此語何從出？且帝必如此，亦何有於我。」帝感悟，取章惇、蔡卞奏，就燭焚之。郝隨覘知之，密語惇、卞。明日惇、卞再具狀，堅請施行。帝怒曰：「卿等不欲朕入英宗廟乎？」（《宋史紀事本末》卷四四，〈宣仁之誣〉）觀此權奸弄政，若宣仁之在天，故老之於九泉，猶不得免。東坡累朝重臣，名盛天下，又為元祐掌制之官，新黨得勢，章惇等豈能不逼迫降黜，置之死地而後已！

紹聖元年（1094 年）東坡五十九歲，時朝局大亂，虞策、來之邵，復祖述烏臺詩案時李定等訕謗之說，摭兩制語論奏。閏四月，告下，東坡坐前掌制誥命，語涉譏訕，落端明殿學士，兼翰林學士，依前左朝奉郎，責知英州。虞策復論罪罰未當，告下，降充左承議郎，仍知英州。劉拯復論奏，告下，合敘復日，不得與敘，仍知英州。自是已三改謫命矣。章惇、蔡卞、張商英，又大肆羅織，必欲竄逐元祐臣僚於嶺海。故於東坡抵當塗縣時，告下，落左承議郎，責授建昌軍司馬，惠州安置，不得簽書公事。東坡盡遣家累，自赴嶺表，家人咸涕泣求行，乃使迨（二子）以家從長子邁居。獨挈過（幼子）與朝雲（杭州所納妾）赴江州。章惇、蔡卞猶以貶竄為未足，再肆攻擊，告下，落建昌軍司馬，貶寧遠軍節度副使，仍惠州安置（參見曹樹銘編〈東坡年表〉）。十月到惠州貶所。紹聖二年十一月，聞朝廷有詔：元祐臣僚獨不赦，且終身不徙，自此斷絕北歸之望。東坡自謂「譬如元是惠州秀才，累舉不第，有何不可。」（〈與程正輔書〉，《蘇東坡全集．續集》卷七）紹聖三年，於惠州得歸善縣後隙地數畝，乃古白鶴觀基也，將築室其上。規其地為德有鄰堂，思無邪齋，而左為寢處，庖湢，凡二十間。待紹聖四年，白鶴峯新居成，又長子邁，挈諸孫，萬里遠至，東坡心中頗為欣喜，已作終老惠州之計。惠州三年，雖瘴癘所侵，東坡泊然無所蔕芥，畀疾苦者以藥，納殞斃者以竁，復造東新、西新二橋，以濟病者涉，惠人甚敬之，如子由所云：「人無賢愚，皆得其歡心」（〈墓誌銘〉）。然其晚年，方稍遂心於鄙地，執政者旋又重議其罪。潦倒於老境，困躓於海外，東坡終成北宋黨爭之犧牲者，然亦盛名所累也。

紹聖四年丁丑（1097 年）東坡六十三歲。閏二月，章惇復祖述沈括、何正臣、舒亶、李定、李宜之、朱光庭、傅堯俞、王嚴叟、楊康國、趙挺之、王覿、賈易、趙君錫、安鼎、董敦逸、黃慶基、虞稷、來之邵、劉拯、蔡卞、張商英群小訕謗之說，重議東坡罪（《蘇文忠公詩編註集成》卷四一），蘇轍云：「大臣以流竄者爲未足也。」（〈墓誌銘〉）東坡遂責授瓊州別駕，移昌化軍安置，不得簽書公事。四月十七日始獲告命，東坡於四月十九日起離惠州。據《輿地廣記》云：「蘇軾謫惠州，有詩云：『白髮蕭散滿霜風，小閣藤牀寄病容，報道先生春睡美，道人輕打五更鐘』（《蘇軾詩集》卷四〇，〈縱筆詩〉）傳至京師，章惇笑曰：『蘇子尚爾快活耶！』復貶昌化」。昌化，地處海隅，非人所居。東坡〈至昌化軍謝表〉云：

> 臣軾言，今年四月十七日奉被告命，責授臣瓊州別駕，昌化軍安置。臣尋於當月十九日起離惠州，至七月二日，已至昌化軍訖者。並鬼門而東騖，浮瘴海而南遷。生無還期，死有餘責。伏念臣頃緣際會，偶竊寵榮，曾無毫髮之能，而有丘山之罪，宜三黜而未已，跨萬里以獨來。恩重命輕，咎深責淺。此蓋伏遇皇帝陛下，堯文炳煥，湯德寬仁，赫日月之照臨，廓天地之覆育，譬之蠕動，稍賜矜憐，俾就窮途，以安餘命。而臣孤老無託，瘴癘交攻，子孫慟哭於江邊，已爲死刑，魑魅逢迎於海外，寧許生還。念報德之何時，悼此心之永已。俯伏流涕，不知所云。（《經進東坡文集事略》，卷二六）

據《山水志》所載：「容、牢二州界有鬼門關，諺曰：『若渡鬼門關，十去九不還』。以其多炎瘴故也」。東坡被貶，唯一責詞，乃罪其託訓詞以肆誣詆，此番罪狀，早於元祐年間，即爲群小多所捃拾，宣仁明鑒於心，知東坡忠貞，概不深咎。哲宗親政，紹述熙寧、元豐一切法，使新黨群奸，得肆其毒掌。又因元祐間新黨貶竄既久，積憾特深，至此，借紹述之名，以報私怨。張商英上言：「願陛下無忘元祐時，章惇無忘汝州時，安燾無忘許昌時，李清臣、曾布，無忘河陽時。」（《宋史紀事本末》卷四六）其激怒之心昭然若揭。元祐間黨爭紛擾不已，至是洛、蜀、朔黨，全爲新黨攻去，實亦當初，不能同心輔政，以氣類相引，反以意氣相爭之結果。所謂「治世不同福，亂世則同禍」。東坡自登州召還，一月之間，三陟華要，尋兼侍讀，每經筵進讀，至治亂興衰，邪正得失之際，未嘗不反覆開導。豈料哲宗依然多引小人以誤國，屛棄勳舊之臣，厚誣宣仁之政。此亦君心之不正，君子見微而憂，小人知著而喜也。「君子與小人並處，其勢必不勝。君子不勝，則奉身而退，樂道無悶；小人不勝，則交結構扇，千歧萬轍，必勝而後已，待其得志，遂肆毒於善良。求天下不亂，不可得也。」（《宋史紀事本末》卷三七，引富弼語）東坡垂老投荒，無復生還之望，悲慟之情，見於謝表，蓋有感於此也。

其後三年，於瓊州昌化，食飲不具，藥石無有，人不堪其憂，東坡食芋飲水，著書以爲樂。時從父老遊，亦無間也。至元符三年，始大赦北還，初徙廉州，再徙永州，已乃復朝奉郎，提舉成都玉局觀，居從其便。東坡自元祐以來，未嘗以歲課乞遷，故官止於此。建中靖國元年（1101 年）東坡將居許，病暑暴下，中止於常。六月，請老，以本官致仕，遂以不起，未終旬日，獨以諸子侍側曰：「吾生無惡，死必不墜。」問以後事，不答，湛然而逝。時七月二十八日，享年六十六。（參見〈東坡墓誌銘〉）

觀東坡一生，宦海浮沈，晚境困讒，身陷蠻瘴，無一不與北宋黨爭相起伏。若非安石排拒東坡於初始，李定、何正臣等，構陷詩獄於其後，群小摭拾詩文、誥策之風不長，毀誣謗之罪不興，則東坡或可稍安於朝廷。然而時代背景如此，政治風暴襲捲之際，東坡驟履要地，眾所側目，詩名既高，文爲君賞，出典方州，民莫不愛。群小苟得志，豈容此般雄才沮格其路，遂萬般羅織，欲加之罪，何患無辭。東坡遭時不逢，遠放嶺海，幾至不測，豈非天意乎！

第三章　從瓊州詩看海外東坡

瓊州，遠處我國南端海域，自秦劃歸版籍，至漢武帝元封元年，派伏波將軍路博德平南越，始略地建儋耳、珠崖二郡，曾因當地「霧露氣濕，多毒草蟲蛇，水土之害」（漢賈捐〈罷珠崖對〉）棄罷之。然自漢末、五代間，中原多故，避亂之人，輒越海而家於此，瓊州遂成漢黎雜居之地。至唐，初有文化，惜其地多瘴，黎民亦不解耕，致經濟貧困，始終未能眞正開化。加之歷代貶放之官，十有八九，未能生還，遂使瓊州多蒙鄙夷，視爲非人所居。唐宣宗大中年間，李德裕被貶崖州，有詩云：「一去一萬里，千之千不還，崖州在何處，生度鬼門關」（〈嶺南道中〉）。其居崖處境乃：「大海之中，無人拯恤。資儲蕩盡，家事一空。百口嗷然，往往絕食。塊獨窮悴，終日苦飢。恨垂末之年，作餒而之鬼。」〔註 1〕此番情境，豈止堪憐，無怪東坡赴瓊之日：「子孫慟哭於江邊，已爲死別。」（〈昌化軍謝表〉）更云：「今到海南，首當作棺，次便作墓」，「死則葬海外」（本集〈與王敏仲書〉）。足見當時之人，猶視瓊爲畏地。東坡居昌化，三年之間，縱有飲食不

〔註 1〕王家槐著《海南文獻叢談》，頁 34，有：「《增修詩話總龜》引《古今詩話》，載李德裕再貶朱崖，道中有詩云云」；頁 35，德裕〈答表弟某侍郎餉物書〉：「大海之中，無人拯恤。資儲蕩盡，家事一空。百口嗷然，往往絕食。塊獨窮悴，終日苦飢。恨垂末之年，作餒而之鬼」。載稱德裕自嘲再貶崖州之情況甚詳。

具，藥石俱無之歎，然其泊然胸懷，使原爲蠻癘之地，亦成安居樂土。

第一節　瓊州風土

東坡到達瓊島，首作〈行瓊儋間肩輿坐，睡夢中得句云：千山動鱗甲，萬谷酣笙鐘，覺而遇清風急雨，戲作此數句〉篇首四句云：

四州環一島，百洞蟠其中。

我行西北隅，如度月半弓。(《蘇軾詩集》卷四一)

據《廣東圖說》記載：「瓊郡孤懸海外，五指山居其中，生黎環之。其外熟黎環之，又其外十三州縣環之。瓊山附郭爲咽喉，崖州在南爲後戶，險隘尤多焉。瓊山東南又東南爲萬州（瓊州）。陵水西南爲澄邁、臨高，又西南爲儋州（即昌化）。」（〈瓊州府總圖〉，卷六七）觀其四州分布之地理位置，由瓊山至儋州恰似半圓弧面，則東坡描繪「如度月半弓」極爲傳神。四州分據於瓊島四隅，其間布滿黎民用以居住之獠洞。東坡初履瓊島，此爲第一印象。

初抵貶所，萬物皆無，東坡僅能「百物資之市」（〈糴米〉，《蘇軾詩集》卷四一）然儋耳地，至難得肉食。東坡有詩云：

五日一見花豬肉，十日一遇黃雞粥。

土人頓頓食諸芋，薦以薰鼠燒蝙蝠。(〈聞子由瘦〉，《蘇軾詩集》卷四一)

土人食藷芋，有其地理因素：東坡〈和陶勸農六首〉有引言道：「海南多荒田，俗以貿香爲業，所產秔稌不足於食，乃以藷芋雜米作粥糜以取飽。」(《蘇軾詩集》卷四一）其中原由，可自詩中得知〈和陶勸農六首〉云：

天禍爾土，不麥不稷。民無用物，珍怪是植。

播厥熏木，腐餘是穡。貪夫污吏，鷹摯狼食。(之二)

豈無良田，膴膴平陸。獸蹤交締，鳥喙諧穆。

驚麏朝射，猛豨夜逐。芋羹諸糜，以飽耆宿。(之三)

瓊州居民不知耕，原因有二：(一) 以貿香爲業，荒棄良田。(二) 以射獵爲生，不諳農耕。蘇過有〈夜獵行〉一首，記載黎民狩獵之情狀甚詳，有序云：「海南多鹿豨，土人捕取，率以夜分出。度其要寢，則合圍而周阹之，獸無軼者。余寓城南，戶外即山林，夜聞獵聲。」（《斜川集》卷二）黎民既以「射獵爲生，刻箭爲信」（《儋縣志・海黎》卷八），良田無人耕種，米貴如珠（東坡〈縱筆詩〉之三，有「北船不到米如珠」之語），則自然成長之藷芋，反而廣受歡迎，成爲主要食糧。東坡對此現象，除哀衿勸農之外，本身倒安之若素：

> 少年好遠遊，蕩志隘八荒。九夷爲藩籬，四海環我堂。
> 盧生與若士，何足期渺茫。稍喜海南州，自古無戰場。
> 奇峰望黎母，何異嵩與邙。飛泉瀉萬仞，舞鶴雙低昂。
> 分流未入海，膏澤彌此方。芋魁儻可飽，無肉亦奚傷。（〈和陶擬古九首〉之四，《蘇試詩集》卷四一）

遷謫瓊州譬若遠遊，食芋飲水，無肉何傷，東坡此詩，非但掌握瓊島之地理形勢，爲四海環繞之孤島，且奇峰、飛泉、河川支流眾多，更兼及瓊州古無戰場之盛事：

> 馮冼古烈婦，翁媼國於兹。策勳梁武後，開府隋文時。
> 三世更險易，一心無磷緇。錦繖平積亂，犀渠破餘疑。
> 廟貌空復存，碑版漫無辭。我欲作銘誌，慰此父老思。
> 遺民不可問，僂句莫予欺。犦牲菌雞卜，我當一訪之。
> 銅鼓壺盧笙，歌此送迎詩。（〈和陶擬古九首〉之五，見同上）

據《北史・列女傳》記載：「譙國夫人冼氏，世爲南越首領。在父母家，撫循部眾，能壓服諸越，南海儋耳歸附者千餘洞。梁大同初，高涼太守馮寶，聘以爲妻。高州刺史李遷仕反，夫人擊之，大捷。及寶卒，領表大亂。夫人懷集百越，數州宴然。陳永定二年，廣州刺史歐陽紇反，夫人發兵拒境。詔使持節，冊夫人爲高郡太夫人，一如刺史之儀。陳亡，隋文帝安撫嶺外，晉王廣遣陳主遺書，諭以歸化，以犀杖兵符爲信，夫人驗知，盡日慟哭，遂冊夫人爲宋康郘夫人。王伯宣反，夫人進兵至南海，親披甲，乘介馬，張錦傘，領彀騎。衛詔使裴矩，巡撫諸州。嶺南悉定，封譙國夫人。賜物各藏於一庫，每歲時大會，皆陳於庭下，以示子孫曰：『我事三代主，惟用一好心。今賜物具存，此忠孝之報也。』」〔註2〕則嶺南之安定，瓊州居民得免塗炭，夫人之功不可沒矣。東坡欲作銘以誌，乃誠心崇敬之舉。

至於瓊州當地之民間習俗，東坡記載於詩者，如：「犦牲菌雞卜」、「銅鼓壺盧笙」、「歌此送迎詩」等（〈和陶勸農六首〉之五），茲分述如下：

（一）屠牛治病

東坡〈書柳子厚牛賦後〉談及：「嶺外俗，皆恬殺牛，而海南為甚。……病不飲藥，但殺牛以禱。富者至殺十數牛，死者不復云，幸而不死，即歸德於巫。以巫為醫，以牛為藥，間有飲藥者，巫輒云神怒，病不可復治。親戚皆為却，藥醫不得入門，人牛皆死而後已。（海南）地產沈水香，香必以牛易之。黎之人得牛，皆以祭鬼，無脫者。中國人以沈香供佛，燎帝求福，此皆燒牛肉也，何福之能得。哀哉！予莫能救。」（《蘇東坡全集．後集》卷九，雜文類）詩中之「犦牲」即「封牛」，「交州合蒲徐聞一帶產有此牛。」（《爾雅釋畜》）黎民「病則槌牛祭鬼，喪葬必解牛款客」（《儋縣志》卷四，〈黎情篇〉）殺牛之風既盛，唯有以珍香易之，「一牛可搏香一擔」（范成大《桂海虞衡志》），惜其所易之牛非用以耕種。瓊民以巫為醫，以牛為藥之結果，常至人財兩空，實為陋習。

（二）雞卜吉凶

嶺表之人，凡小事必卜。「有雞卜、鼠卜、米卜、蓍卜、牛骨卜、雞卵卜、田螺卜等名目」（《番愚雜編》）。要皆黎民信巫術、敬鬼神、判別吉凶之依據。雞卜為其一。如：《史記》有云：「乃令越巫立越祝祠，安臺無壇，亦祠天神、上帝、百鬼，而以雞卜」（〈封禪書〉）。至於卜法，則用雞一、狗一，祝愿訖即殺雞、狗。煮熟又祭，獨取雞兩

〔註2〕此為《施顧註蘇詩》卷四二，〈和陶篇〉，頁13～14，「施註」所引，以顯明冼夫人之功業。

眼骨，上自有孔裂，似人形則吉，不似則凶（參見張守節《正義》，雞卜法），此亦嶺海民間特有之風俗。

（三）黎歌蠻唱

瓊州居民喜愛唱歌之習性，由來已久。舉凡逢年過節，送舊迎新，賀喜殯喪，擇配團圓，乃至挖口井，修座橋，亦必唱歌，以表達其哀樂之情。故於冼夫人廟祀時，有「歌此送迎詩」之舉。並有銅鼓、胡盧笙配樂。銅鼓，乃以銅鑄造，重達數十至數百斤。其鼓面有浮雕圖案，鼓身有花紋，製作藝術堪稱精緻。「俚僚貴銅鼓，嶺南廿五郡，處處有之」（《隋書．地理志》）黎民向以擊鼓爲樂。壺盧笙是以「無柄之瓠，剖而爲笙」（東坡自註）。海南所產壺盧，分長柄、細腰兩種，此剖而爲笙者，當指細腰葫盧。兩種樂器，皆爲黎族所喜用，亦其特色之一。東坡「野老已歌豐歲語」（〈儋耳詩〉，《詩集》卷四三）所描繪者，田野歡慶之景觀也。後得北歸，〈將至廣州，用過韻寄邁迨二子〉詩云：「蠻唱與黎歌，餘音猶杳杳」（《詩集》卷四四），實對瓊州居民黎歌蠻唱之懷念不已。此風俗傳之既久，竟成瓊島藝術之代表。吾人今日所稱「黎歌苗舞」，良有以也。

除此而外，散見於東坡詩句中者，尚有：「雕題」、「釀酒」、「檳榔款客」、「不作寒食」等習俗：

東坡有詩云：「久安儋耳陋，日與雕題親」（〈和陶與殷晉安別〉，《詩集》卷四二），據楊浮《異物志》：「儋耳，南方夷也。生則鏤其頰，皮連耳，匡分爲數支，如雞腸，纍纍下垂至肩，故名儋耳」，狀甚奇異。而「雕題」之「題」，本義指頭額。故此種習俗，即所謂之「綉面」。早期鑒眞普照和尚，預備東渡日本，因風所阻，船飄泊至海南，見「人皆雕蹄（雕題）鑿齒，綉面鼻飲」〔註3〕此乃唐時事也。則此風由來已久，故東坡稱黎民爲「雕題」。

〔註3〕此據《大藏經》卷五一所述，乃日本元開撰《唐大和上東征傳》所引。此段文字又見於〈蘇軾詩中的海南民俗〉一文。今由四川人民出版社發行，收於《東坡詩論叢》一書，頁139。

東坡〈庚辰歲（元符三年）正月十二日，天門冬酒熟，予自漉之。且漉且嘗，遂以大醉〉二首之二，有詩句云：「載酒無人過子雲，年年家釀有奇芬」，此爲東坡自釀之酒。其後亦有〈眞一酒歌〉一首（均見《詩集》卷四三）原因在於「嶺南不禁酒」，遂使民間得能自釀。東坡〈書上元夜遊〉云：

> 己卯（元符二年）上元，予在儋州，有老書生數人來過，曰：「良月嘉夜先生能一出乎？」予欣然從之。步西城，入僧舍，歷小巷，民黎雜揉，屠沽紛然。（載於《儋縣志》卷一一，藝文雜著類）

東坡所見「屠沽紛然」景象，亦民間釀酒風氣頗盛所使然。當地產酒，名目繁多，有：嚴酒、荔枝酒、七香酒、捻酒、黃桐酒、椰酒、浮子酒、粟米酒、金銀花酒、蔗酒、粘酒、番藷酒、菊花酒、桑寄酒、龍眼花酒等數十種（《儋縣志》卷三，飲饌類）。東坡性嗜酒，然飲量不多。初至瓊島，或因經濟、或因人地生疏，故親舊有自內地泊船送佳釀與東坡之事。李一冰著《東坡新傳》云：「海南無酒」（第十三章，頁 914）或恐有所誤解之處。觀東坡詩句云：「卯酒無虛日」（〈和陶與殷晉安別〉，《詩集》卷四二）、「眼花因酒尚紛紛」（〈天門冬酒熟〉，《詩集》卷四三）直如酒翁入酒鄉也。

瓊州居民以「檳榔款客」，主要因素，在於海南人視其爲聖品，道檳榔：「入口則甘漿洋溢，香氣薰蒸。在寒而暖，方醉而醒。既紅潮而暈頰，亦珠汗而微滋。眞可以洗炎天之烟瘴，除遠道之渴飢。雖有朱櫻紫栗，無可尙之矣」。（清屈大均《廣東新語》，載於《正德瓊臺志》）。故俗謂「檳榔爲命」、「親賓往來，非檳榔不爲禮」（《儋縣志》），東坡見黎女含檳榔，簪茉莉，乃戲書曰：「暗麝著人簪茉莉，紅潮登頰醉檳榔」（《蘇文忠公居儋錄》，言行附）。其〈庚辰歲（元符三年）人日作，時聞黃河已復北流，老臣舊數論此，今斯言乃驗二首〉之二，云：「不用長愁掛月村，檳榔生子竹生孫」（《詩集》卷四三），言此地檳榔將永遠生生不息，人民好客熱情之款待亦將延續不絕，人情不減，長住何妨？

至於海南人不作寒食，見於東坡詩題：「海南人，不作寒食，而以上巳日上冢。余攜一瓢酒尋諸生，皆出矣，獨老符秀才在，因與飲至醉，符蓋儋人之安貧守靜者也」（《詩集》卷四二），「上巳」乃指農曆三月上旬巳日，即三月三日。《後漢書・禮儀志》記載：

> 上巳，官民皆結集於東流水上，日洗濯祓除，去宿垢疢（病）爲大詰。

中原人，以清明前一日爲寒食節。海南俗不爲寒食，擇三月三日上冢祭掃。此種習俗，乃瓊島特有，東坡初不知，故攜酒尋諸生，皆出矣。另有一種風俗，雖不見於詩，然東坡頗寄關懷之情。杜甫居夔州時有詩云：

> 夔州處女髮半華，四十五十無夫家。
> 更遭喪亂嫁不售，一生抱恨長咨嗟。
> 土風坐男使女立，男當門户女出入。
> 十有八九負薪歸，賣薪得錢應供給。
> 至老雙鬟只垂頸，野花山葉銀釵並。
> 筋力登危集市門，死生射利兼鹽井。
> 面妝首飾雜啼痕，地褊衣寒困石根。
> 若道巫山女粗醜，何得北有昭君村？
> （〈負薪行〉，《杜詩鏡銓》卷二二）

描寫當地婦女逢亂未嫁之遭遇。尤其出入奔波，擔負家計。賣薪入市，筋力登危，死生射利，一生辛勤勞悴，而男丁反賦閒於家。東坡見「海南亦有此風，每誦此詩以諭父老。然未易變其俗也」（《本集》，〈書杜甫詩〉）。

至於瓊州氣候，則夏季酷熱，濕度極高。當地多產木棉，俗稱古貝、吉貝、或刼貝。東坡有詩云：

> 黎山有幽子，形槁神獨完。負薪入城市，笑我儒衣冠。生不聞詩書，豈知有孔顏。翛然獨往來，榮辱未易關。日暮鳥獸散，家在孤雲端。問答了不通，歎息指屢彈。似言君

貴人，草莽栖龍鸞，遺我古貝布，海風今歲寒。(〈和陶擬古九首〉之九，《蘇軾詩集》卷四一)

黎子質樸，其因言語不通而手足無措之神態，東坡描摩至爲生動。黎子最後以古貝布相贈，其溫厚盛情，極爲貼心。查愼行《蘇詩補註》云：

閩嶠以南多木棉，采其花爲布，號吉貝。後讀《南史》，言林邑等國出古貝木，其花成對如鵝毳，抽其緒紡之以作布，與苧不異。(《文昌雜錄》)

則古貝爲當地盛產之物無疑。亦因當地氣候冬溫不雪，方能使此物大受歡迎，東坡〈和陶戴主簿〉詩云：「海南無冬夏，安知歲將窮。」(《蘇軾詩集》卷四二)《嶺表錄異》云：「廣南節氣，四季溫焞，當盛暑，北風而雨，便似窮秋。或嚴冬，南風而晴，却如初夏。時之寒暑，繫在陰晴，彼人謂之溫天。」(《施顧註蘇詩》，引施註云)足見此地氣候，果眞無冬夏！

東坡有〈書海南風土〉一文云：

嶺南天氣卑濕，地氣蒸溽，而海南爲甚。夏秋之交，物無不腐壞者，人非金石，其何能久？然儋耳頗有老人，百餘歲者往往而是，八九十者不論也。乃知壽夭無定習，而安之則冰蠶火鼠皆可以生。吾當湛然無思，寓此覺於物表，使折膠之寒，無所施其冽；流金之暑，無所措其毒，百餘歲豈足道哉。彼老愚人者，初不知此，如蠶鼠生於其中，兀然受之而已。一呼之溫，一吸之涼，相繼無有間斷，雖長生可也。莊子曰：天之穿之，日月無隙。人則顧塞其竇，豈不然哉。九月二十七日，秋霜不止，顧視幃帳，有白蟻升餘。帳已腐爛，感歎不已，信手書此。時戊寅歲(元符元年)也。(《蘇文忠公居儋錄》，雜著類)

觀此書所載，瓊州氣候確實不易適應，以其酷熱多濕故物多腐壞，人將何堪？而老人百餘歲者，往往而是，此亦怪哉！若〈和陶擬古九首之七〉所云：

雞窠養鶴髮，及與唐人游。來孫亦垂白，頗識李崖州。再

> 逢盧與丁，閱世眞東流。斯人今在亡，未遽掩一丘。我師吳季子，守節到晚周。一見春秋末，渺焉不可求。(《蘇軾詩集》卷四一)

此處所云「雞窠鶴髮」，據錢希白《洞微志》云：「太平興國中，李守忠爲承旨，奉使南方，遇海至瓊州界。道逢一老翁，自稱楊遐舉，年八十一。邀守中詣所居，見其父曰叔連，年一百二十二。又見其祖曰宋卿，年一百九十五。語次，其梁上窠中，有一兒出頭下視。宋卿曰：此吾前代祖也。不語不食，不知其年。朔望取下，子孫列拜而已」(《施顧註蘇詩》，施註引)。長壽如此，堪稱奇觀。然而唐宣宗大中二年，貶崖州司戶參軍之李德裕，太平興國初，亦貶崖州司戶參軍之盧多遜與丁謂，三人均卒於貶所。東坡遷貶，流離至此，心中不免幾分傷感。

大抵而言，瓊州風土，多具地域色彩，與中原有別。對東坡而言，未嘗不是詩文之佳妙題材，故能意到筆隨，多所描繪。日與蠻黎居處，衣食僅能隨俗，見有不良風尙，亦往往爲詩勸導，盼能曉喻愚民於萬一，用心堪稱良苦。惜其積習既深，改之不易，東坡哀衿憐恤之情，溢於言表。自然環境，既然無力改變，人爲習尙，又常阻礙開發。瓊州對東坡而言，本是「黎蜒雜居，無復人理；資養所急，求輒無有」(《本集》，〈答程天侔書〉)之地，加以氣候濕熱難耐，實難爲居。却因東坡個性通脫、曠達、樂觀，故能湛然無所思，安之若素。反能自得其樂，體悟瓊州之可愛處。北歸之日，尙且懷念不已，以爲「茲遊奇絕冠平生」(〈六月二十日夜渡海〉，《蘇軾詩集》卷四三)。「君子無入而不自得」，東坡當之無愧也。

第二節　海外生活

東坡初至貶所，以黎蜒雜居，無復人理，資養所急，求輒無有。書告友人曰：

> 此間食無肉，病無藥，居無室，冬無炭，夏無寒泉。然亦未易悉數，大率皆無耳！唯有一幸，無甚瘴。(〈答程天侔書〉，

《蘇東坡全集・續集》卷七）

遂僦官屋數椽以居。官屋敝陋不堪，立冬之後，島上風雨幾無虛日，滴漏之狀，甚爲狼狽。有詩云：

我昔墮軒冕，毫釐眞市廛。困來臥重裀，憂愧自不眠。

如今破茅屋，一夕或三遷。風雨睡不知，黃葉滿枕前。

（〈和陶怨詩示龐鄧〉，《蘇軾詩集》卷四一）

東坡隨遇而安之情性，亦其處窮之道。後有昌化軍守張中者，到任後，爲其「飭役修補（倫江驛），俾公安居」（《續通鑑長編》）。旋以章惇、蔡京等遣呂升卿、董必使嶺外，謀盡殺元祐黨人，東坡被逐出官舍，與過二父子乃無地可居。其間始末，蓋以紹聖五年戊寅（1098 年）二月，以呂升卿、董必爲廣南察訪，曾布進言皇上：「升卿兄弟與軾、轍乃切骨仇讎，軾、轍聞其來，豈得不震恐，萬一望風引決，豈不有傷仁政。」哲宗方改遣呂升卿往廣東，董必往廣西（瓊州屬廣南西路）。然董必先至雷州子由貶所。按段諷去年（紹聖四年）十一月所發：張逢（雷州太守）等款待照管蘇軾、蘇轍兄弟事，治張逢罪。又以蘇轍初謫雷州，不許占官舍，乃僦民房以居。章惇以其強奪民居，下州追民究治，以僦券甚明，乃止（見《東都事略》）。既奏上，董必復議遣官過海，治昌化軍守張中，修倫江驛與東坡安居之事。潭州有彭氏子民，隨董必察訪廣西，知董必欲遣人過儋，彭顧董必，泣涕下曰：「人人家有子孫」。董必始悟，止遣一小使臣過儋，但仍有逐出官舍之事。（王鞏《甲申雜記》）

東坡無地可居，偃息城南污池之側，桄榔林下。就地築屋，儋人運甓畚土以助之。客有王介石者，躬其勞辱，甚於家隸。物器或不給，鄰里咸致所有。張中來觀，亦助畚鍤。（《蘇文忠公詩編註集成・總案》卷四二）〈和陶和劉柴桑〉詩云之甚詳：

萬劫互起滅，百一年踟躇。漂流四十年，今乃言卜居。

且喜天壤間，一席亦吾廬。稍理蘭桂叢，盡平狐兔墟。

黃橼出舊枿，紫茗抽新畬。我本早衰人，不謂老更劬。

邦君助畚鍤，鄰里通有無。竹屋從低深，山牕自明疎。

一飽便終日，高眠忘百須。自笑四壁空，無妻老相如。

（《蘇軾詩集》卷四二）

居住飲食，要皆困窘，所謂「幽居亂鼃黽，生理半人禽」、「荊榛短牆缺，燈火破屋深」（〈遷居之夕聞鄰舍兒誦書，欣然而作〉，《詩集》卷四二）及「我窮惟四壁，破屋無瞻烏」（〈五色雀〉，《詩集》卷四三）皆為最佳寫照。

東坡食芋飲水，雖是入鄉隨俗，實則貧窮所致。自云：「典衣剩買河源米」（〈聞黃河已復北流〉，《詩集》卷四三）。河源縣，屬惠州，乃杭秫產地。海南無杭秫，居民所食，往往靠中原船泊而來。加以難得肉食，東坡有詩云：

北船不到米如珠，醉飽蕭條半月無。

明日東家當祭竈，隻雞斗酒必膰吾。

（〈縱筆〉之三，《蘇軾詩集》卷四二）

詩頗戲謔，然亦實錄。觀其詩即曉然：

菜肥人愈瘦，竈閒井常勤。（〈和陶田舍始春懷古〉，《蘇軾詩集》卷四一）

得米如得珠，食菜不敢留。（〈謫居三適〉之三，《蘇軾詩集》卷四一）

半園芳草沒佳蔬，煮得占禾半是藷。（〈過黎君郊居〉，《蘇軾詩集》卷四七）

病怯腥鹹不買魚，爾來心腹一時虛。（〈客俎經旬無肉・又子由勸不讀書，蕭然清坐乃無一事〉，《蘇軾詩集》卷四一）

東坡有〈菜羹賦〉敘曰：「先生卜居南山之下，服食器用，稱家之有無，水陸之味，貧不能致。煮蔓菁，蘆菔，苦薺而食之，其法不用醯醬，而有自然之味，蓋易得而常享」。乃為之賦曰：

嗟予生之褊迫，如脫兔其何因。

隱詩腸之轉雷，聊禦餓以食陳。

無芻豢以適口，荷鄰蔬之見分。

汲幽泉以揉濯，持露葉與瓊根。（《經進東坡文集事略》卷二）

則東坡日食菜羹，亦非得已。蘇過曾以山芋作玉糝羹，東坡道其「色香味皆奇絕，天上酥陀則不可知，人間決無此味也。」遂作詩云：

香似龍涎仍釅白，味如牛乳更全清。

莫將南海金虀膾，輕比東坡玉糝羹。(《蘇軾詩集》卷四二)

所謂「飢者易為食，渴者易為飲」，如此天上美味，恐怕唯有東坡以為然，何況此乃蘇過孝心之所致。然而困窘之境，並非止此，元符二年，儋耳米貴，東坡方有絕糧之憂，遂〈書辟穀說〉(即學龜息法)云：「洛下有洞穴，深不可測，有人墮其中，不能出。饑甚，見龜蛇無數，每日輒引吭東望，吸日光，嚥之。其人亦隨其所向效之不已，遂不復饑。身輕力強，後卒還家。」東坡欲與過子共行此法，故書以授之。(《蘇文忠公居儋錄》雜著類) 境況至此，東坡尚能自慰寬人，恢恢乎！其胸襟之坦蕩也。

東坡得鄰里所助，建成之屋，名曰「桄榔菴」。為買地結茅，免於露宿，而囊為一空，東坡以為「困厄之中，亦何所不有？置之不足道也，聊為一笑」(《本集》，〈與程全父書〉)，故新居既成，欣悅之情，溢於言表：

朝陽入北林，竹樹散疎影。短籬尋丈間，寄我無窮境。

舊居無一席，逐客猶遭屏。結茅得茲地，翳翳村巷永。

數朝風雨涼，畦菊發新穎。俯仰可卒歲，何必謀二頃。

(〈新居〉，《蘇軾詩集》卷四二)

又以居鄰天慶觀，城南百井皆鹹，獨觀中甘涼涌發。得供東坡「飲食，酒茗之用，沛然而無窮。」(《經進東坡文集事略》卷二，〈天慶觀乳泉賦〉) 實亦大幸。然而正常居處稍定，又聞子由於雷賃民屋事，詔徙循州，其地荒僻寥落，耕牧散處，言語不通，飲食無由。東坡知其間水道艱澀，般挈至難，況子由乃衅隙而去，官民畏避，何處問屋。遂令子由過惠日，留家累於惠州，託邁管照。子由則獨與幼子遠，葛衫布被，乘葉舟以往(《蘇文忠公詩編註集成・總案》卷四二)。至此兄弟二人，境遇相當，獨留穉子於身邊。遙隔萬里，雖不得見，然兄弟情誼，愈見深切。又客有自許來唁，以進取勉過者，過作〈志隱〉以明心志，東坡覽之曰：「吾可以安於島夷矣。」（見同上）又命過作《孔子弟子列傳》，實有以處其子，此亦天下父母心也。

東坡居海南，日用雖嫌窘迫，然日常生活，頗能自我調適。茲以下列數端，窺其情貌：

（一）謫居適事

或以瓊州昌化，非人所居，東坡卻有〈謫居三適〉之詩，一曰〈旦起理髮〉，二曰〈午窗坐睡〉，三曰〈夜臥濯足〉，茲引錄於下：（《蘇軾詩集》卷四一）

安眠海自運，浩浩朝黃宮。日出霧未晞，鬱鬱濛霜松。
老櫛從我久，齒疎含清風。一洗耳目明，習習萬竅通。
少年苦嗜睡，朝謁常匆匆。爬搔云未足，已困冠巾重。
何異服轅馬，沙塵滿風騣。琱鞍響珂月，實與杻械同。
解放不可期，枯柳豈易逢。誰能書此樂，獻與腰金翁。
（〈旦起理髮〉）

蒲團蟠兩膝，竹几閣雙肘。此間道路熟，徑到無何有。
身心兩不見，息息安且久。睡蛇本亦無，何用鉤與手。
神凝疑夜禪，體適劇卯酒。我生有定數，祿盡空餘壽。
枯楊不飛花，膏澤回衰朽。謂我此爲覺，物至了不受。
謂我今方夢，此心初不垢。非夢亦非覺，請問希夷叟。
（〈午窗坐睡〉）

長安大雪年，東薪抱衾裯。雲安市無井，斗水寬百憂。
今我逃空谷，孤城嘯鵂鶹。得米如得珠，食菜不敢留。
況有松風聲，釜鬲鳴颼颼。瓦盎深及膝，時復冷暖投。
明燈一爪剪，快若鷹辭鞲。天低瘴雲重，地薄海氣浮。
土無重腿藥，獨以薪水瘳。誰能更包裹，冠履裝沐猴。
（〈夜臥濯足〉）

瓊州，無澡器，常須乾浴（東坡自註），此番梳理、靜坐、濯足，不失保健養生之道。其〈次韻子由浴罷〉有云：

理髮千梳淨，風晞勝湯沐。閉息萬竅通，霧散名乾浴。
頹然語默喪，靜見天地復。時令具薪水，漫欲濯腰腹。
陶匠不可求，盆斛何由足。老雞臥糞土，振羽雙瞑目。
倦馬驟風沙，奮鬣一噴玉。垢淨各殊性，快愜聊自沃。
（《蘇軾詩集》卷四二）

堪稱絕妙。「凡物皆有可觀，苟有可觀，皆有可樂。非必怪奇偉麗者也。餔糟啜醨，皆可以醉，果蔬草木，皆可以飽。推此類也，吾安往而不樂」。（《經進東坡文集事略》卷五十，〈超然臺記云〉）除理髮、坐睡、濯足、乾浴而外，東坡居瓊州，煮茶、飲酒、觀碁，亦其樂事也！

東坡〈汲江煎茶〉詩云：

活水還須活火烹，自臨釣石取深清。
大瓢貯月歸春甕，小杓分江入夜瓶。
茶雨已翻煎處腳，松風忽作瀉時聲。
枯腸未易禁三椀，坐聽荒城長短更。（《蘇軾詩集》卷四三）

公自註：唐人云：「茶須緩火炙，活火煎」（活火，謂炭之焰也）。其講究方法，不僅火候耳！早年東坡有〈試院煎茶〉詩，可取來互相印證：

蟹眼已過魚眼生，颼颼欲作松風鳴。
蒙茸出磨細珠落，眩轉遶甌飛雪輕。
銀瓶瀉湯誇第二，未識古人煎水意。
君不見昔時李生好客手自煎，貴從活火發新泉。
又不見今時潞公煎茶學西蜀，定州花瓷琢紅玉。
我今貧病常苦飢，分無玉盌捧蛾眉。
且學公家作茗飲，塼爐石銚行相隨。
不用撐腸拄腹文字五千卷，但願一甌常及睡足日高時。
（《蘇軾詩集》卷八）

蔡君謨作〈茶辨〉，辨水泉、煎飲等，極爲詳備。有蟹眼、魚眼、用湯之法。如《茶經》云：「凡候湯有三沸。如魚眼微有聲，爲一沸。緣邊如湧泉連珠，爲二沸。騰波鼓浪，爲三沸，則湯老。」（《蘇軾詩集》卷八引「王註任居實曰」）若「汲江煎茶」則更奇絕矣。詩云：「活水還須活火烹，自臨釣石取深清」。第二句七字，而具五意：水清一也；

深處取清者二也；石下之水，非有泥土三也；石乃釣石，非尋常之石四也；東坡自汲，非遣卒奴五也。又「大瓢貯月歸春甕，小杓分江入夜瓶」，小心翼翼取清美之水。據楊誠齋云，此篇乃詩家妙法，若「茶雨已翻煎處脚，松風忽作瀉時聲」者，即杜少陵「紅稻啄餘鸚鵡粒，碧梧栖老鳳凰枝」句法，寫來有無窮之味（《東坡詩話錄》‧引楊誠齋之語），實亦東坡以此爲樂事，故不禁椀，而坐聽山城更漏無定，爲能細細品嚐也。除茶而外，東坡最喜飲酒，〈和陶與殷晉安別〉詩云：

卯酒無虛日，夜碁有達晨。

小甕多自釀，一瓢時見分。（《蘇軾詩集》卷四二）

瓊州釀酒風氣頗盛，東坡「卯酒無虛日」並不誇張。詩題中像〈和陶連雨獨飲〉、〈海南人不作寒食，而以上巳上冢，余携一瓢酒尋諸生〉、〈被酒獨行〉、〈用過韻與諸生飲酒〉、〈天門冬酒熟且漉且嘗遂以大醉〉、〈眞一酒歌〉等字眼，不難發現東坡飲酒機會之多。詩句中有「酒」更屬尋常：

甚欲隨陶翁，移家酒中住。（〈和陶神釋〉，《蘇軾詩集》卷四二）

庭内菊歸酒，牕前風入琴。（〈歸去來集字十首〉之五，卷四三）

入息亦詩策，出游常酒樽。（〈歸去來集字十首〉之九，同上）

聊欣樽有酒，不恨室無衣。（〈歸去來集字十首〉之十，同上）

忽聞剝啄聲，驚散一杯酒。（〈和陶擬古九首〉之一，卷四一）

有酒從孟公，愼勿從揚雄。（〈和陶擬古九首〉之二，同上）

酒盡君可起，我歌已三終。（〈和陶擬古九首〉之二，同上）

顧引一杯酒，誰謂無往還。（〈和陶連雨獨飲〉二首，同上）

酒酣聊復說平生。（〈贈李兕彥威秀才〉，卷四三）

使君置酒莫相違。（〈上元夜過赴儋守召獨坐有感〉，卷四二）

小兒誤喜朱顏在，一笑那知是酒紅。（〈縱筆〉之三，同上）

眼花因酒尚紛紛。（〈天門冬酒熟〉，卷四三）

〈和陶九日閒居〉詩引，東坡自謂「明日重九，雨甚，不能寐，起索酒，和淵明一篇，醉熟昏然，殆不能佳也」(《蘇軾詩集》，卷四一)，詩酒皆能放情，東坡之樂，良有以也。

東坡素不解碁，然喜觀碁。自謂：「予素不解碁，嘗獨遊廬山白鶴觀。觀中人皆闔戶晝寢，獨聞棋聲於古松流水之間，意欣然喜之。自爾欲學，然終不解也。兒子過乃粗能者。儋守張中，日從之戲。予亦隅坐，竟日不以爲厭也。」(《蘇軾詩集》卷四二，〈觀棋並引〉) 竟日觀碁，不以爲厭，此老心中直以「勝固欣然，敗亦可喜」爲念，故能優哉游哉！聊復爾耳。〈和陶與殷晉安別〉云：「夜碁有達晨」蓋實錄也。

（二）步郊訪黎

東坡初到貶所，未識當地父老，後以張中介紹，認識儋人黎子雲、老符秀才等。於謫居澹然無事之餘，往往携酒策杖，隨處漫遊，步郊訪黎，頗多意趣。如：

> 野徑行行遇小童，黎音笑語說坡翁。
> 東行策杖尋黎老，打狗驚雞似病風。(〈訪黎子雲〉)

據云，東坡一日過訪黎子雲，遇雨。從農家借蒻笠戴之，著屐而行。婦人兒相隨爭笑，籬犬群吠。竹波周小隱作詩詠其事曰：

> 持節休誇海上蘇，前身原是牧羝奴。
> 應嫌朱紱當年夢，故作黃冠一笑娛。
> 遺跡與公歸海外，清風爲我襲庭隅。
> 憑誰喚起王摩詰，畫作東坡戴笠圖。(《蘇文忠公居儋錄》卷一，言行第二條)

描摩東坡，頗爲傳神。又儋城東有老媼，年七十餘，常負大瓢行田野饁食(趙令畤《侯鯖錄》作東坡常負大瓢)。公問曰「世事何如？」答曰：「世事如春夢耳」。公復曰「何如？」媼曰：「翰林昔日富貴，一場春夢耳。」公曰：「然。」因號爲春夢婆(見同上，言行第三條)。東坡於〈被酒獨行，遍至子雲、威、徽、先覺四黎之舍三首〉(《蘇軾詩集》卷四二) 描述儋耳風光，及與諸黎交往情趣時，亦談及春夢婆：

半醒半醉問諸黎，竹刺藤梢步步迷。
但尋牛矢覓歸路，家在牛欄西復西。（之一）

總角黎家三四童，口吹蔥葉送迎翁。
莫作天涯萬里意，谿邊自有舞雩風。（之二）

符老風情奈老何，朱顏減盡鬢絲多。
投梭每困東鄰女，換扇惟逢春夢婆。（之三）

有僋人黎子雲兄弟，居城東南，躬農圃之勞。嘗與軍使張中同訪之，以其居臨大池，水木幽茂，坐客欲爲醵錢作屋，東坡欣然同之，遂名其居曰「載酒堂」（〈和陶田舍始春懷古二首敘言〉《詩集》，卷四一），至今猶爲當地有名古蹟。另一老符秀才，即符林。東坡稱其爲「僋人之安貧守靜者」，上巳日携酒尋諸生，皆出，東坡遂與飲至醉。有詩云：

老鴉銜肉紙飛灰，萬里家山安在哉。
蒼耳林中太白過，鹿門山下德公回。
管寧投老終歸去，王式當年本不來。
記取城南上巳日，木棉花落刺桐開。（《蘇軾詩集》卷四二）

故方回道：「昌黎不謫潮州，後世豈知有趙德；東坡不落海南，後世豈知有符林。」（查愼行《蘇詩補註》，引《瀛奎律髓》云）東坡行經之處，婦人兒童爭笑，鄉夫野老亦得其歡心。有詩云：「父老爭看烏角巾，應緣曾現宰官身，溪邊古路三叉口，獨立斜陽數過人。」（〈縱筆之二〉）熱鬧之後，亦能灑落喧囂，盡得閒適情致。

東坡亦嘗往城區各地觀覽，游城東學舍作〈和陶示周掾祖謝〉；又游城北謝氏廢園作〈和陶使都經錢谿〉；又郊行步月，作〈和陶赴假江陵夜行〉詩云：

缺月不早出，長林踏青冥。犬吠主人怒，愧此閭里情。
怪我夜不歸，茜袂窺柴荊。雲間與地上，待我兩友生。
驚鵲再三起，樹端已微明。自露淨原野，始覺丘陵平。
暗蛩方夜績，孤螢亦宵征。歸來閉户坐，寸田且默耕。
莫赴花月期，免爲詩酒縈。詩人如布穀，聒聒常自名。
（《蘇軾詩集》卷四一）

描繪夜半出郊，無端惹起犬吠主怒之情狀，十分逗趣。東坡獨自往來，雖能盡賞郊野美景，然心靈深處，猶不免偶興身世淒涼，爲塵俗所累之傷感。故有「歸來閉戶坐，寸田且默耕」之語。後嘗入寺靜坐，「閒看樹轉午，坐到鐘鳴昏，歛收平生心，耿耿聊自溫」（〈入寺〉，《蘇軾詩集》卷四一），於此郊野古寺，東坡似又湛然無所思矣。

（三）讀書著述

東坡〈答程全父推官書〉云：「流轉海外，如逃深谷，既無與晤語者。又書籍舉無有，惟陶淵明一集，柳子厚詩文數册，常置左右，目爲二友。」（《蘇東坡全集・續集》卷七）

《陶淵明集》爲東坡渡海時隨行之物，柳子厚詩文，則與張中同訪黎子雲所見，欣喜之餘，借回終日玩誦者：

> 東坡在海外，盛稱柳柳州詩，黎子雲家有柳文，日久玩味，雖東坡觀書亦須著意研窮，方見其用心處耶！（許顗《彥周詩話》）

此爲東坡海外「南遷二友」，實亦因其無書可讀使然。曾季貍云：「前人論詩，初不知有韋蘇州、柳子厚…至東坡而後發此秘」（《艇齋詩話》），此其日夕玩索之功也。

其後有惠州友人鄭嘉會（靖老），知東坡性喜讀書，故「以海舶載書千餘卷見借」。前後兩次，皆由海運至儋，乃廣州道士何德順爲之代致。東坡有詩〈和陶贈羊長史并引〉：

> 得鄭嘉會靖老書，欲於海舶載書千餘卷見借，因讀淵明〈贈羊長史詩〉云：愚生三季後，慨然念黃虞，得知千載事，上賴古人書。次其韻以謝鄭君：

> 我非皇甫謐，門人如摯虞。不持兩鴟酒，肯借一車書。
> 欲令海外士，觀經似鴻都。結髮事文史，俯仰六十踰。
> 老馬不耐放，長鳴思服輿。故知根塵在，未免病藥俱。
> 念君千里足，歷塊猶踟躕。好學眞伯業，比肩可相如。
> 此書久已熟，救我今荒蕪。顧慚桑榆迫，久厭詩書娛。
> 奏賦病未能，草玄老更疎。猶當距楊墨，稍欲懲荊舒。

（《詩集》卷四一）

此番贈借書籍，對於東坡意義頗爲重大，自謂「別來百罹不可勝言，置之不足道也。《志林》竟未成，但草得書傳十三卷，甚賴公兩借書籍檢閱也。」（《蘇東坡全集・續集》卷四，〈與鄭靖老書〉）據〈東坡先生墓誌銘〉記載：

> 先君（蘇洵）晚歲讀《易》，玩其爻象，得其剛柔遠近，喜怒逆順之情。以觀其詞，皆迎刃而解。作《易傳》未完，疾革，命公（東坡）述其志，公泣受命，卒以成書，千載之微言，煥然可知也。復作《論語說》，時發孔氏之秘。最後居海南，作《書傳》，推明上古之絕學，多先儒所未達。
>
> （《欒城後集》）

足見東坡讀書著述，頗具家學淵源。解經傳述成爲平生志願，亦由來已久：

> 餘齡難把玩，妙解寄筆端。常恐抱永歎，不及丘明遷。
> 親友復勸我，放心餞華巔。虛名非我有，至味知誰餐。
> 思我無所思，安能觀諸緣。已矣復何歎，舊說易兩篇。
>
> （〈和陶雜詩〉十一之九，《蘇軾詩集》卷四一）

> 申韓本自聖，陋古不復稽。巨君縱獨慾，借經作巖崖。
> 遂令青衿子，珠璧人人懷。鑿齒井蛙耳，信謂天可彌。
> 大道久分裂，破碎日愈離。我如終不言，誰悟角與羈。
> 吾琴豈得已，昭氏有成虧。
>
> （〈和陶雜詩〉十一之十，《蘇軾詩集》卷四一）

使命感與責任心，使東坡勤於著述，縱使居海外，窮迫如此，亦未稍怠。故當北歸之日，乘小舟至官寨，水暴漲，橋梁盡壞，不可前，復乘海船出口。並海而行。晦日碇宿大海中，天水相接，疎星滿天，東坡起坐四顧，呼過，則鼾睡不應，乃撫《易》、《書》、《論語》本而歎曰：「天未喪斯文，吾必濟也。」（《蘇文忠公詩編註集成・總案》卷四三）其視所述之《易》、《書》、《論語》各說，與生命相當，祈求上蒼，不欲喪斯文，則必留吾身。與孔子畏於匡，曰：「文王既沒，文不在茲乎？天之將喪斯文也，後死者不得與斯文也。天之未喪斯文也，匡人，其如予何？」（《論語．子罕篇》）之坦蕩無畏，頗具同工之妙。

東坡不僅自我用功，更勉勵蘇過抄書。云：

兒子到此，抄得《唐書》一部，又借得《前漢書》欲抄。若了此二書，便是窮兒暴富也。呵呵！老拙亦欲爲此，而目昏心疲，不能自苦，故樂以此告壯者爾。（《蘇東坡全集．續集》卷七，〈與程秀才書〉）

後以「清明日，聞過誦書，聲節閑美，感念少時。悵焉追懷先君宮師之遺意」有詩云：

今日復何日，高槐布初陰。良辰非虛名，清和盈我襟。
孺子卷書坐，誦詩如鼓琴。却去四十年，玉顏如汝今。
閉戶未嘗出，出爲鄰里欽。家世事酌古，百史手自斟。
當年二老人，喜我作此音。

（〈和陶郭主簿〉二首之一，《蘇軾詩集》卷四三）

當遷居之前夕，東坡聞鄰舍兒誦書，欣然寫道：

幽居亂蛙黽，生理半人禽。跫然已可喜，況聞絃誦音。
兒聲自圓美，誰家兩青衿。且欣集齊咻，未敢笑越吟。
九齡起韶石，姜子家日南。吾道無南北，安知不生今。
海闊尚挂斗，天高欲橫參。荊榛短牆缺，燈火破屋深。
引書與相和，置酒仍獨斟。可以侑我醉，琅然如玉琴。

（《蘇軾詩集》卷四二）

觀其喜樂形於色，勉學後輩之意既深，則精神亦有所託矣。

（四）採藥製墨

東坡晚年，於醫藥格外留心。於黃州貶所，〈與王定國書〉云：

某寓一僧舍，隨僧蔬食，感恩念咎之外，灰心杜口，不曾看得人。所云出入，蓋往村寺沐浴、及尋谿傍谷、釣魚採藥以自娛耳！（《續集》卷六）

推究本源，乃因仁宗時，朝廷編行《惠民濟眾方》啓發其對醫學之興趣。故於黃州，結識醫學造詣頗深之聾醫龐安常，與之潛心研究。後至杭州任，適因災後，流行時疫。東坡乃創設病坊，合「聖散子藥方」一帖，活人無數。及貶惠州，地多瘴毒，乃搜購藥材，合藥施捨。甚且於白鶴峯居宅後，以小圃種植藥草，若安神開心之人參，明目烏髮之枸杞，清火之甘菊，解毒禦瘴之薏苡，兼有返老還童之效之地黃等（參見《惠州詩》，〈小圃五詠〉）。待其流遷海外，習醫採藥，利人濟世之天性猶然。如周必大〈題蘇季真家所藏東坡墨蹟〉云：

> 陸宜公（唐陸贄）爲忠州別駕，避謗不著書，又以地多瘴癘，抄集驗方五十卷，寓愛人利物之心。文忠蘇公，手書藥法，亦在瓊州別駕時，其用意一也。（《蘇文忠公詩編註集成・總案》卷四二，代茶飲子條註語）

東坡貶遷瓊州，效法陸宣公，手書藥方不倦，其因在於海南幾無醫藥，民風又以殺牛治病，心生悲憫，故收錄驗方外，於步郊之際，往往尋覓藥草：

> 吾謫居海南，…自藤至儋，野花夾道，如芍藥而小，紅鮮可愛，樸蔌叢生，土人云，倒黏子花也。至儋則已結子，馬乳爛紫，可食，殊甘美。中有細核，嚼之瑟瑟有聲，亦頗苦澀。兒童食之，使大便難。葉皆白，如蕈狀，野人夏秋痢下，食葉輒已。海南無柿，人取其皮，剝浸揉擱之，得膠以代柿，蓋愈於柿也。吾苦大腑滑，百藥不差，取倒黏子嫩葉酒蒸之，焙燥爲末，以酢糊丸，日吞百餘，二腑平復，然後知其奇藥也，因名之曰：海漆，而私記之。明年子熟，當取子研，濾酒煮爲膏以劑之，不復用糊矣。（《蘇文忠公居儋錄》，雜書類，書海漆錄）

此爲東坡首次發現瓊島有此妙物之記載，故多方搜訪，後又發現「蒼耳」，此即《詩經》所云之卷耳。東坡云，此藥至賤，不論南北夷夏，山澤斥鹵，泥土沙石，但有地則產。俗稱「道人頭」，其花葉根實皆可食。久食之，能使骨髓充實，肌膚如玉。乃最易得之長生藥。海南雖百須皆無，惟此藥生於舍下，故東坡云：「遷客之幸也。」（《本集》，

〈蒼耳錄〉）唯其所覓藥材，多不敷使用，且有不可得者，便須求助於遠道友人舶寄之：如〈與羅祕校書〉求蒼朮橘皮：

> 此間百事不類海北…彼中有物藥治病者，爲致少許。此間如蒼朮橘皮之類，皆不可得，爲相度致數品。不罪，不罪。
> （《蘇東坡全集．續集》卷七）

又如〈與程全父書〉，求毘陵藥：

> 彼土出藥否？有易致者，不拘名物，爲寄少許。此間舉無有得者，即爲希奇也。間或有物藥以授病者，入口如神，蓋未嘗識耳！（同上）

王文誥云：「此書乃公在海外，以醫藥濟人之證」（《蘇文忠公詩編註集成．總案》卷四二），所謂不拘名物，要能救人之病，皆見東坡用心甚殷。〈用過韻冬至與諸生飲酒〉有詩句云：

> 黃薑收土芋，蒼耳斫霜叢。
> 兒瘦緣儲藥，奴肥爲種菘。（《蘇軾詩集》卷四二）

據《本草》云：「土芋一名土卵」。註云：「肉白皮黃，梁漢人，名爲黃獨」。又芋以薑同煮過，換水再煮方可食之。唐王實《山居要錄》云：「收蒼耳法，取未經霜者。」東坡深諳其性，故有是語。據周必大〈東坡烏頭帖跋〉云：「仇仙（東坡）慕葛稚川（洪）、陶隱居（弘景）、孫思邈之爲人，欲以救人得道，故常留意名方。」因此蘇軾之論醫藥，與服食養生有關。瓊州詩，有〈眞一酒歌〉其敘言云：

> 布算以步五星，不如仰觀之捷，吹律以求中聲，不如耳齊之審。鉛汞以爲藥，策易以候火，不如天造之眞也。是故神宅空，藥出虛，蹻蹻者以氣升，熟能推是類以求天造之藥乎？於此有物，其名曰眞一。遠遊（吳子野）先生方治此道，不飲不食，而飲此酒，食此藥，居此堂。予亦竊其一二，故作《眞一之歌》。（《蘇軾詩集》卷四三）

查愼行云：「按此詩，大意取道家三一還丹之訣，借題以寓言」（《蘇詩補註》）。海外東坡，手書藥劵，不少所謂神仙上藥者，蓋與此有關。若天麻煎、煉枲耳霜法、蒼朮論、服絹法、井華水、代茶飲子等等。

有關東坡製墨之舉，詩中唯一線索，乃「夜燒松明火」。據東坡〈記海南作墨〉云：

> 己卯（元符二年）臘月二十三日，墨竈火發，幾焚屋，救滅。遂罷作墨。得佳墨大小五百丸，入漆者幾百丸。足以了一世，仍以遺人，所不知者何人也？餘松明一車，仍以照夜。二十八日二鼓作此紙。（《蘇文忠居儋錄》，雜著類）

原來，元符二年四月，有墨者潘衡渡海來見，東坡書曰：

> 金華潘衡，初來儋耳起竈作墨，得烟甚豐，而墨不甚精。予教其作遠突竈，竈得烟幾減半，而墨乃爾。其印文曰：海南松煤，東坡法墨，皆精者也。常當防墨工盜用印，使得墨者疑耳。此墨出灰池中，未五日而色已如此，日久膠定，當不減李廷珪、張遇也。（《本集》，〈書潘衡墨〉）

又：

> 此墨吾在海南親作，其墨與廷珪不相下。海南多松，松多故煤富，煤富故有擇也。（〈書海南墨〉）

東坡與過，於海南抄書寫作，紙墨原不可或缺，雖偶得嶺南友人接濟，然楮墨有時而竭，曾歎云：

> 硯細而不退墨，紙滑而字易燥，皆尤物也。吾平生無所嗜好，獨好佳筆墨。既得罪謫海南，凡養生之具，十無八九。佳紙墨，行且盡。至用此等，將何以自娛，爲之慨然，書付子過。（《蘇文忠公居儋錄》，雜著類，書付過）

此番製墨，或能稍補其缺憾。不意墨竈火發，幾焚屋，亦罷作墨矣。所幸得佳墨既多，又餘松明一車，觀其〈夜燒松明火〉詩云：

> 歲暮風雨交，客舍悽薄寒。夜燒松明火，照室紅龍鸞。
> 快焱初煌煌，碧烟稍團團。幽人忽富貴，蕙帳芬椒蘭。
> 珠煤綴屋角，香湍流銅盤。坐看十八公，俯仰灰盡殘。
> 齊奴朝爨蠟，萊公夜長歎。海康無此物，燭盡更未闌。
>
> （《詩集》卷四二）

掩抑不住心中得意之情。窮兒暴富，幽人忽貴，豪奢終身之寇萊公，亦不得享此樂。東坡不以貧困爲苦，故能任憂患，於生活瑣細間，得一切喜樂。非有弘毅曠達胸襟者，得能此乎？

第三節　親友情誼

一、親　情

東坡謫居瓊州，〈與林濟甫書〉云：

> 某與幼子過南來，餘皆留惠州，生事狼狽，勞苦萬狀。然胸中亦自有翛然處也。(《蘇東坡全集‧續集》卷七)

知其遷貶海南，身旁除幼子蘇過外，別無親人。東坡共有三子，邁、迨、過。邁爲元配通義君所生，迨、過則爲繼配同安君所生。愛妾朝雲，曾爲其晚年再得一子，名遯，不幸夭折。又以通義君，卒於英宗治平二年（東坡三十歲），同安君卒於哲宗元祐八年（東坡五十八歲），朝雲卒於哲宗紹聖三年（東坡六十一歲），一生伴侶，皆已遠離塵世。過子之隨行侍候，尤得老人慶幸。東坡有詩云：

> 賓鴻社燕巧相違，白鶴峯頭白板扉。
> 石建方欣洗牏廁，姜龐不解歎蠨蛸。
> 一龕京口嗟春夢，萬炬錢塘憶夜歸。
> 合浦賣珠無復有，當年笑我泣牛衣。
> (〈追和戊寅歲上元〉，《蘇軾詩集》卷四三)

詩後東坡自跋：

> 戊寅上元在儋耳，過子夜出，余獨守舍作違字韻詩（即〈上元夜過赴儋守召、獨坐有感〉）。今庚辰上元，已再期矣。家在惠州白鶴峯下，過子不眷婦子，從余來此。其婦亦篤孝，悵然感之，故和前篇。有石建姜龐之句。又復悼懷同安君，末章故復有牛衣之句，悲君亡而喜予存也。書以示過，看余面，勿復感懷。

蘇過純孝，於《宋史‧蘇過傳》載云：

> 過字叔黨，軾知杭州，過年十九。以詩賦解兩浙路禮部試

下。及軾爲兵部尚書，任右承務郎。軾帥定武，謫知英州，貶惠州，遷儋耳，漸徙廉永，獨過侍之，凡生理晝夜寒暑所須者，一身百爲不知其難。初至海上，爲文曰志隱，軾覽之曰：吾可以安於島夷矣。……其叔轍，每稱過孝，以訓宗族。且言：吾兄遠居海上，惟成就此兒能文也。（《宋史》卷三三八）

蘇過詩文佳妙，畫亦精通，東坡曾爲〈題過所畫枯木竹石〉作詩，誇讚道：

老可能爲竹寫眞，小坡今與石傳神。

山僧自覺菩提長，心境都將付臥輪。（《蘇軾詩集》卷四三）

父子二人結伴出遊，東坡心喜，〈和陶游斜川〉詩云：

謫居澹無事，何異老且休。雖過靖節年，未失斜川遊。

春江淥未波，人臥船自流。我本無所適，汎汎隨鳴鷗。

中流遇洑洄，捨舟步層丘。有口可與飲，何必逢我儔。

過子詩似翁，我唱而輒酬。未知陶彭澤，頗有此樂不？

問點爾何如？不與聖同憂。問翁何所笑，不爲由與求。

（《蘇軾詩集》卷四二）

晁說之〈蘇叔黨墓誌銘〉云：「翁板則兒築之，翁樵則兒薪之，翁賦詩著書，則兒更端起拜之。爲能須臾樂乎先生者也」（《斜川集》附錄上），有子如此，孰能不樂？較之陶淵明：「雖有五男兒，總不好紙筆」（《靖節先生集》卷三〈責子詩〉）東坡之有蘇過，得不樂乎！

東坡謫海南，心中格外懸念者，尚有一子由。當其窮困，盡賣酒器以供衣食，獨有一荷葉杯工製美妙，留以自娛，乃和陶淵明〈連雨獨飲〉，詩句有云：

平生我與爾，舉意輒相然。（爾，指荷葉杯）

豈止磁石針，雖合猶有間。

此外一子由，出處同偏僊。（即蹁躚）

晚景最可惜，分飛海南天。（《蘇軾詩集》卷四一）

東坡〈與林濟甫書〉曰：「某兄弟不善處世，並遭遠竄，墳墓單外，念之感涕」（《續集》卷七），兄弟二人，一在瓊州，一在雷州，故云晚境堪憐分飛海南兩岸。然東坡與子由，情感篤厚，於憂患之中，益形顯著，瓊州詩中，屢見與子由相關之詩題，〔註4〕亦足以爲證，後以雷州賃屋事，子由復徙循州，東坡爲之懸念不已，書信往還頻仍，令其置家羅浮（惠州）以免旅途益加困頓，凡此瑣瑣，莫不見東坡兄弟親愛之情。觀其南遷之日，聞子由尚在藤州，乃追遇之，並作詩云：

莫嫌瓊雷隔雲海，聖恩尚許遙相望。（《蘇軾詩集》卷四一）

用以寬慰子由。此後二人便同臥於水程山驛之間，兩旬有餘始至雷州。六月十一日相別渡海，而東坡病痔呻吟，子由亦終夕不寐，因誦淵明詩勸東坡止酒（《詩集》卷四一，〈和陶止酒詩〉引），殷殷之情，隨處流露。居瓊期間，每逢子由生日，東坡必爲詩祝之，有詩云：

但願白髮兄，年年作生日。（〈子由生日〉，《詩集》卷四二）

並以黃木拄杖爲子由生日之壽（見《詩集》卷四二詩題）。偶因風雨無虛日，海道斷絕，不得子由書，東坡便懷想不已。如〈和陶停雲〉詩云（《詩集》卷四一）：

停雲在空，黯其將雨。嗟我懷人，道修且阻。（之一）

我不出門，寤寐北牕。念彼海康，神馳往從。（之二）

其〈十二月十七日，夜坐達曉寄子由〉詩云：

閉眼此心新活計，隨身孤影舊知聞。
雷州別駕應危坐，跨海清光與子分。（《詩集》卷四一）

思念難寢，亦爲子由。其〈聞子由瘦〉，旋爲詩慰問云：

十年京國厭肥羜，日日烝花壓紅玉。

〔註4〕瓊州詩作中，屢見與子由相關之詩題，像：〈次前韻寄子由〉、〈聞子由瘦〉、〈客俎經旬無肉，又子由勸不讀書，蕭然清坐乃無一事〉、〈次韻子由三首：東亭、東樓、椰子冠〉、〈自立冬以來風雨無虛日，海道斷絕，不得子由書，乃和淵明停雲詩以寄〉、〈次韻子由月季花再生〉、〈十二月十七日夜坐達曉寄子由〉（以上《詩集》卷四一）。
〈次韻子由浴罷〉、〈借前韻賀子由生第四孫斗老〉、〈過於海舶得邁寄書酒，作詩，遠和之皆粲然可觀，子由有詩相慶也。因用其韻賦一篇，并寄諸子姪〉、〈子由生日〉、〈以黃子木拄杖爲子由生日之壽〉（以上《詩集》卷四二）。
故知東坡與子由互次詩韻，互爲砥礪之情，未因海道隔絕而稍減。

從來此腹負將軍，今者固宜安脫粟。
人言天下無正味，蝍蛆未遽賢麋鹿。
海康別駕復何爲，帽寬帶落驚童僕。
相看會作兩臞仙，還鄉定可騎黃鵠。(《詩集》卷四一)

仙風道骨，駕鵠歸鄉，得其所哉！東坡坦蕩曠達，時刻不忘寬解他人，偶作嘲解之語，皆得佳妙。曾與子由剖析謫遷心境，安慰子由：

離別何足道，我生豈有終。渡海十年歸，方鏡照兩童。
還鄉亦何有，暫假壺公龍。峨眉向我笑，錦水爲君容。
天人巧相勝，不獨數子工。指點昔遊處，蒿萊生故宮。
(《詩集》卷四一，〈次前韻寄子由〉)

此言「區區形跡之累，不足以囿我也」(《蘇文忠公詩編註集成》卷四一，王文誥案語)。東坡〈和陶歸去來兮辭敘〉：

子瞻謫居昌化，追和淵明歸去來辭，蓋以無何有之鄉爲家，雖在海外，未嘗不歸云爾。(《東坡全集・續集》卷三)

東坡此詩，即告子由「以不歸爲歸」之意。身陷蠻瘴，苟能如此，夫何憂何懼？此番鼓舞，深見東坡昆仲情深。

東坡有詩〈賀子由生第四孫斗老〉，更充滿「知足常樂，不求宦達」與濃郁親情交織之語：

今日散幽憂，彈冠及新沐。況聞萬里孫，已報三日浴。
朋來四男子，大壯泰臨復。開書喜見面，未飲春生腹。
無官一身輕，有子萬事足。舉家傳吉夢，殊相驚凡目。
爛爛開眼電，磽磽峙頭玉。但令強筋骨，可以耕衍沃。
不須富文章，端解耗楮竹。君歸定何日，我計久已熟。
長留五車書，要使九子讀。簞瓢有內樂，軒冕無流矚。
人言适似我，窮達已可卜。早謀二頃田，莫待八州督。

東坡自云：「吾前後典八州」，即熙寧年間，知宓州、徐州、湖州，及元祐年間，知登州、杭州、潁州、揚州、定州也。其平生浮沈宦海，艱辛備嘗，一言難盡。而今「無官一身輕，有子萬事足」，平凡度日，反而幸福。故不願子孫受同等苦楚。安貧樂道，耕讀傳家，何須汲汲營營，一生受累？其〈與姪孫元老秀才書〉謂：

> 蜀中骨肉，想不住得安信。老人住海外如昨，但近來多病，瘦悴不復往日，不知餘年復得相見否？循惠不得書久矣。旅況牢落，不言可知。又海南連歲不熟，飲食百物艱難，及泉廣海舶絕不至。藥物、醬酢等皆無。厄窮至此，委命而已。老人與過子相對，如兩苦行僧耳！然胸中亦超然自得，不改其度，知之免憂。(《東坡全集‧續集》卷七)

則其不欲子孫重蹈覆轍之心情可知。含飴弄孫，享天倫之樂，本爲老人所願，東坡居海外，曾因懷念淮、德二幼孫，而至無以自遣(〈和陶郭主簿二首敘〉)之心境，頗爲淒涼。有夢歸惠州白鶴山居，作〈和陶還舊居〉一詩，讀來，亦令人惻惻：

> 痿人常念起，夫我豈忘歸。不敢夢故山，恐興墳墓悲。
> 生世本暫寓，此身念念非。鵝城亦何有，偶拾鶴毳遺。
> 窮魚守故沼，聚沫猶相依。
> 大兒當門户，時節供丁推。(施註：推當爲稚)
> 夢與鄰翁言，憫默憐我衰。
> 往來付造物，未用相招麾。(《詩集》卷四一)

鵝城，指惠州白鶴觀居，大兒，指長子蘇邁，東坡置家惠州，一切交由邁子掌理，諸子孫與之同住，雖得相依，然東坡猶不免魂縈夢繫，思念至深，却又故作灑脫狀，以爲凡事付於造物，委之命運，即能稍減幽人悲懷。值得欣慰者，唯有諸子姪尚稱賢孝，文亦粲然可觀。東坡有詩〈過於海舶得邁寄書、酒、作詩，遠和之，皆粲然可觀。子由有詩相慶也。因用其韻賦一篇，並寄諸子姪〉云：

> 我似老牛鞭不動，雨滑泥深四蹄重。
> 汝如黄犢走却來，海闊山高百程送。
> 庶幾門户有八慈，不恨居鄰無二仲。
> 他年汝曹笏滿牀，中夜起舞踏破甕。
> 會當洗眼看騰躍，莫指癡腹笑空洞。
> 譽兒雖是兩翁癖，積德已自三世種。
> 豈惟萬一許生還，尚恐九十煩珍從。
> 六子晨耕簞瓢出，眾婦夜績燈火共。

春秋古史乃家法，詩筆離騷亦時用。

但令文字還照世，糞土腐餘安足夢。(《詩集》卷四二)

晉〈殷浩傳〉:「或問將蒞官而夢棺，將得財而夢糞，何也？浩曰：官本臭腐，故將官而夢屍，錢本糞土，故將得財而夢穢。」(《施顧註蘇詩》施註引)，此亦東坡不求子孫得官祿，但有名山之業永垂百代於不朽，則此生不枉過矣。自謂平生積德姪孫有成，亦當然耳！實則關愛、鼓勵，寄以厚望，有至深親情流露其間。

二、友　情

東坡謫居瓊州，自謂「海外窮獨，人事斷絕」(《東坡全集・續集》卷七，〈與程全父推官書〉)，當時章惇執政，力排舊黨，元祐諸賢，必欲除之而後快。故凡與二蘇親近者，動輒得禍。雷州太守張逢，昌化軍使張中，其後皆遭貶斥，皆爲明顯例証。自哲宗親政，復行新法，紹聖元年，東坡謫惠州，黃庭堅遷黔南，范祖禹遷九疑，晁補之遷蘄水。紹聖二年，張丰坐黨，徙宣州。紹聖四年，東坡再貶瓊州。元符元年九月，秦觀移雷州編管。二年五月，參寥被迫還俗，編管兗州。十月，范祖禹，卒於貶所（參見曹樹銘編，〈東坡年表〉)。凡東坡平生交舊，盡在竄斥之列，人人朝不保夕，遂使親友疎絕，亦不得已也。故居瓊州，東坡每得一份通問，每獲些許餽贈，便會如獲至寶，咸感彌足珍貴。當其時，更有不辭千里跋涉，歷險渡海而來之友人，友誼之眞摯，尤令東坡感激涕零。

首先跨海而來者，吳復古也。紹聖五年，復古渡海來訪，東坡憶及去歲同遊豐湖，夜宿羅浮道院之事，直如隔世，因贈五言律詩一首，云：

往歲追歡地，寒牕夢不成。笑談驚半夜，風雨暗長檠。

雞唱山椒曉，鐘鳴霜外聲。只今那復見，髣髴似三生。

(《詩集》卷四二)

此番慨歎，在於人世變遷太遽，離別一載，猶如隔世。舊友重逢，景物全非。吳復古，即吳子野，潮州人。據《施顧註蘇詩》施註云：「李待制師中，於世少所屈服，獨與子野書曰：『白雲在天，引領何及』。東坡以其言而知之，一見論出世間法。嘗著〈養生論〉一篇，爲子野出也。與遊二十餘年，南遷至眞揚間，見子野無一語及得喪休戚事。獨告坡曰：『邯鄲之夢，猶足破妄而歸眞，目見而身履之亦可以少悟矣。』未幾，南歸訪東坡於惠，過子由於循。坡徙儋耳，子野又從之，爲作遠遊庵銘。送坡北歸，遇疾而殂」(卷三八)。則子野與東坡，可謂相知至深，而子野之渡海尋訪，乃其風義。元符三年五月，復古再度南來，報公內遷，東坡謂其：「馬跡車輪滿四方」、「癡疾還同顧長康」(〈次韻子由贈吳子野先生詩〉，《詩集》卷四三)，可佩可感。

東坡居海外，其奔赴而至者，尚有參寥、巢谷等，然皆未能畢其志。王文誥云：

> 公在海外，其欲奔而至者：參寥則將挈潁沙彌自杭浮海，公以書止之；楊明王箴，自眉以達河南，而聞公內遷；杜子師將自淮上挈家以從，事甫集而公歸；巢谷則自眉徒步以來，既度嶺，卒於新州；皆未能畢其志。獨吳子野奮然而至者，且再。可謂勇於義矣。(《蘇文忠公詩編註集成・總案》卷四二)

觀此數人，雖未能竟志，然其風義，當不減於子野。尤其巢谷：從東坡於黃州，元祐間，東坡飛黃騰達，巢谷未嘗通問；待其遷貶瓊州，弟蘇轍亦以罪徙循州，「士大夫皆諱與予兄弟游，平生親友，無復相問者，谷獨慨然自眉山誦言：欲徒步訪吾兄弟。聞者皆笑其狂」(蘇轍《欒城集・巢谷傳》)；元符二年，巢谷果眞至循州，子由感泣曰：「此非今世人，古之人也。」(見同上)時巢谷已七十有三矣，瘦瘠多病，將復見東坡於海南。子由勸止，巢谷決意堅行，囊中幾無所費，子由勉強資遣之。不意船至新會，橐囊爲蠻隸所竊。巢谷急欲追回失物，趕至新州，竟病卒，槀葬於異鄉。東坡聞之大慟！斯人斯疾，得以未竟其志而忽其風義乎？

除此冒險跋涉之友人外，東坡居瓊期間，百須皆無，嶺南友人諸多饋贈者，雖未見於詩，然於往來書信之中，得知東坡深受其惠，而銘刻感激。如：

元符元年八月，程天侔遠致糖、冰、酒、麵諸物。東坡書云：「寄貺佳酒，豈惟海南所無，殆二廣未嘗見也。副以糖、冰、精麵等物，一一銘佩。非眷存之厚，何以得此。悚怍之至。」（《東坡全集・續集》卷七，〈答程全父推官〉六首之二）

元符元年十一月，程儒饋酒。東坡書曰：「惠酒佳絕，舊在惠州，以梅醞為冠，此又過之，牢落中得一醉之適，非小補也。」（同上，〈答程秀才〉三首之二）

元符二年三月，程天侔遠致藥、米、糖、薑，儒亦餽紙、茗。東坡書曰：「紙茗佳惠，感怍！感怍！丈丈惠藥米醬薑糖等，皆已拜賜矣。」（同上，〈與程秀才書〉）

此程氏父子之惠東坡者。再則如元符元年三月，張逢餽酒；十二月許珏、王介石以其酒之膏液餉東坡，坡為作〈酒子賦〉。元符二年四月，錢世雄遠致異士太清中丹等（參見《蘇文忠公詩編註集成・總案》），東坡皆有書信以答之。誠如王文誥所言：「公在黃、惠（州）餽遺書問不絕，本案例不載。其載者，因事及物也。海南則交舊斷絕，書問不至，況餽遺乎？中州之偶一通問者：參寥、錢濟明、劉沔、姪孫元老而已。用是，凡有餽遺必書，匪特著其義，亦以罕而珍也。」（同上，卷四二），此皆患難眞情，東坡多感念不已。

有詩為證者，該以鄭嘉會（靖老）之贈書，最具特殊意義。東坡〈和陶贈羊長史〉敘云：

> 得鄭嘉會靖老書，欲於海舶載書千餘卷見借。因讀淵明〈贈羊長史詩〉云：「愚生三季後，慨然念黃虞，得知千載事，上賴古人書。」次其韻以謝鄭君。（《蘇軾詩集》卷四一）

此詩於前節亦曾引述，有「我非皇甫謐，門人如摯虞，不持兩鴟酒，肯借一車書」之語。故〈與鄭嘉會書〉云：「此中枯寂，殆非人也，然居之甚安，況諸史滿前，甚可與語者也。」（《東坡全集・續集》卷七），嗜書如命，亦東坡癖好，交舊體貼若是，豈能無謝！

東坡謫瓊期間，於孤島所獲友誼，當以昌化軍使張中爲最。其初至任上，即訪東坡，後爲修倫江驛官屋，竟爲此得罪罷去，後黜雷州死貶所。東坡與過，得其助者實多。以過粗解碁藝，張中日從之戲。卜築之際，張中亦嘗親助畚鍤。更引當地父老，與東坡相往從，使稍解異客窮愁，凡此瑣瑣，皆令東坡感激莫名。當張中罷任，屢來告行，乃至夜坐不去，一心惦念，東坡感其情意，屢送詩以慰勉，遂有一送，再送，三送之舉，茲錄其詩一、二，以觀其情：

孤生知永棄，末路嗟長勤。久安儋耳陋，日與雕題親。
海國此奇士，官居我東鄰。卯酒無虛日，夜碁有達晨。
小甕多自釀，一瓢時見分。仍將對牀夢，伴我五更春。
暫聚水上萍，忽散風中雲。恐無再見日，笑談來生因。
空吟清詩送，不救歸裝貧。

（〈和陶與殷晉安別〉，送昌化軍使張中，《詩集》卷四二）

胸中有佳處，海瘴不能腓。三年無所愧，十口今同歸。
汝去莫相憐，我生本無依。相從大塊中，幾合幾分違。
莫作往來相，而生愛見悲。悠悠含山日，炯炯留清輝。
懸知冬夜長，恨不晨光遲。夢中與汝別，作詩記忘遺。

（〈和陶王撫軍座送客〉，再送張中，《詩集》卷四二）

詩中所云：「汝去莫相憐，我生本無依。」讀之，頗爲淒楚。張中依戀不捨，感情眞摯，東坡勸其「莫作往來相，而生愛見悲。」灑然超脫之語，實則感念勸慰，不忍悲愁之情。

至於當地父老，東坡時相往從者，有黎子雲兄弟。黎家有柳文數冊（《彥周詩話》），東坡如獲至寶而盡日玩誦。又其居臨大池，水木幽茂，遂爲醵錢作屋名爲「載酒堂」（事見前）。東坡與之遊，有詩云：

茅茨破不補，嗟子乃爾貧。菜肥人愈瘦，竈閒井常勤。
我欲致薄少，解衣勸坐人。臨池作虛堂，雨急瓦聲新。
客來有美載，果熟多幽欣。丹荔破玉膚，黃柑溢芳津。
借我三畝地，結茅爲子鄰。鴂舌儻可學，化爲黎母民。

（〈和陶田舍始春懷古〉二首之二，《蘇軾詩集》卷四一）

則此亦雅士也。由東坡瓊州詩題：

「被酒獨行徧至子雲、威、徽、先覺四黎之舍三首」

「用過韻冬至與諸生飲酒」

「過黎君郊居」

「訪黎子雲」

「別海南黎民表」

不難發現「華夷兩樽合，醉笑一歡同」（〈用過韻冬至與諸生飲酒〉，《蘇軾詩集》卷四二）之場面必然感人。足見東坡居海南，自黎民處，獲得至多真摯情誼。

另一類，即東坡所謂好學佳士者。跨嶺渡海而來，非有所求，徒以向慕之誠相從於流離顛沛中，如鄭清叟與葛延之。另有自瓊山至儋耳者，如姜唐佐。茲分言於下：

元符元年十月，鄭清叟自惠州渡海來見。鄭清叟乃循守周文之（彥質）介紹予東坡者，東坡稱其「俊敏篤問學」（〈與循守周文之書〉，《東坡全集．續集》卷七）贈詩云：

風濤戰扶胥，海賊橫泥子。

胡爲犯二怖，博此一笑喜。

問君奚所欲，欲談仁義耳。（〈贈鄭清叟秀才〉，《蘇軾詩集》卷四二，此取詩首數句云）

東坡讚歎其不避風濤、海賊之險，跨海相從，所求者「仁義」耳。有謂：「海外窮獨，見人即喜，況君佳士乎？」（〈與循守周文之書〉，卷同上），乃東坡由衷之語。

元符三年三月，葛延之渡海來遊。據葛立方《韻語陽秋》載稱：「東坡在儋耳時，余三從兄諱延之，自江陰擔簦萬里絕海往見，留一月。坡嘗誨以作文之法。吾兄拜其言，而書諸紳。嘗以親製龜冠爲獻，坡受之，而贈以詩。」（《蘇詩補註》卷四三，查註引），此即東坡題爲〈葛延之贈龜冠〉之七言古詩：

南海神龜三千歲，兆協明從生慶喜。

智能周物不周身，未免人鑽七十二。

誰能用爾作小冠，岣嶁耳孫瓶其製。

君今此去寧復來，欲慰相思時整視。(《蘇軾詩集》，卷四三)

短暫一月相從，東坡仍感念此番情誼。

姜唐佐，爲瓊山縣儒生。元符二年閏九月至儋耳，從學於東坡。東坡曾題〈姜唐佐課冊〉贈之：

雲興天際，欻若車蓋，凝矑未瞬，瀰漫霮䨴。

驚雷出火，喬木糜碎。殷地爇空，萬夫皆廢。

霤絙四墜，日中見昧，移晷而收，野無完塊。〔註5〕

《詩話總龜》曰：「李德裕〈文章論〉云：『文章當如千兵萬馬，風恬雨霽，寂無人聲』；黃夢升〈題兄子庠文〉云『子之文章，電擊雷震，雨泡忽止，闃然泯滅』；歐陽公〈祭蘇子美文〉云『風雲變化，雨雹交加，忽然揮斥，霹靂轟車，須臾霽止。而四顧山川草木，開發萌芽』。東坡〈題姜君弼課冊〉，亦同此一機括也。」(查愼行《蘇詩補註》引)，王文誥則曰：「公誨文之法，盡見於此矣。」(《蘇文忠公詩編註集成・總案》卷四二，「題唐佐課冊條」下案語)又《輿地廣記》云：

姜唐佐，字君弼，瓊山人。蘇軾貶儋耳，唐佐日從之游。

軾嘗稱之黃門(轍)曰：不謂海南有此佳士。(王文誥引述)

則東坡推許唐佐甚殷。觀其往來情況；「元符二年，十月十三日姜唐佐相從夜話。十四日唐佐雨中以奇荈爲餽。十五日，雨霽，公以乳泉潑建茶招之。唐佐復致酒麵。十六日赴唐佐飲。」(王文誥《蘇文忠公詩編註集成・總案》卷四二)謹以此數端觀之，所謂「日從之游」，蓋實錄也。其後半載，唐佐辭歸，東坡書柳宗元二詩贈別：

元符己卯(二年)閏九月，瓊士姜君來儋耳。日與予相從，

〔註5〕此爲劉夢得〈楚望賦〉中語(見《劉賓客文集》卷一，《文淵閣四庫珍本》，台灣商務印書館)。葛立方《韻語陽秋》，以爲此段文字乃「戲書劉夢得楚望賦也。」(卷一四，頁14)王文誥《蘇文忠公詩編註集成・總案》云：「公(東坡)誨文之法，盡於此矣。是時不欲出所語，故書劉句。葛立方以爲戲者，妄也。」(卷四二，頁1423。學生書局版)

庚辰（三年）三月乃歸。無以贈行，書柳子厚飲酒、讀書二詩，以見別意。子歸，吾無以自遣，獨此二事，日相與往還爾。(《本集》,〈書別姜君〉)

讀書、飲酒，聊慰孤寂耳！東坡得此佳士從游，可謂慶喜至甚。乃復書聯句以勉其行。此聯句為：

滄海何曾斷地脈，白袍端合破天荒。

並告唐佐曰：「子異日登科，當為子成此篇。」（事見蘇轍《欒城集》,〈補子瞻贈姜唐佐秀才詩敘〉），惜東坡北歸不久，病卒常州，未能終其詩。後唐佐携此聯句示子由，子由感涕良久，乃為足之。有云：「錦衣他日千人看，始信東坡眼目長」（同上,〈補子瞻贈姜唐佐秀才詩〉），此亦師友風義也。〔註 6〕

元符三年五月，吳復古再渡海報公內遷。又得秦觀書，報公徙廉。待告下，東坡〈徙廉州謝表〉云：

使命遠臨，初聞喪膽，詔辭溫眷，乃返驚魂。拜望闕庭，喜溢顏面。否極泰至，雖物理之常，然昔棄今收，豈罪餘之敢望。伏膺知幸，揮涕無從。伏念臣頃以狂愚，再罹譴

〔註 6〕子由敘其始末云：「予兄子瞻，謫居儋耳，瓊州進士姜唐佐往從之遊。氣和而言道，有中州士人之風。子瞻愛之，贈之詩曰『滄海何曾斷地脈，白袍端和破天荒。』且告之曰『子異日登科，當為子成此篇。』君（指唐佐）遊廣州州學，有名學中。崇寧二年（1103 年）正月，隨計過汝南，以此句相示，時子瞻之喪再逾歲矣（東坡卒於 1101 年 7 月），覽之流涕。念君要能自立而莫與終此詩者，乃為足之云：

生長茅間有異芳，風流稷下古諸姜。
適從瓊管魚龍窟，秀出羊城翰墨場。
滄海何曾斷地脈，白袍端合破天荒。
錦衣他日千人看，始信東坡眼目長。(《欒城集》,〈補子瞻贈姜唐佐秀才詩并敘〉)

其後唐佐果真成為海南科舉史上首登進士者。終宋之朝，海南又得進士七人。乃大觀年間儋州符確、宣和六年樂會縣王志高、紹興三年陳仲良、淳熙二年歐景新、瓊山鍾洽、陳應元，儋州趙荊。除姜唐佐外，後進七人雖與東坡已無直接關聯，然名賢行化，移風易俗，已為瓊島增色不少。此段史料，乃參酌王萬福〈蘇東坡在海南〉一文，刊於《廣東文獻》七卷二期，頁 64，民國 66 年 6 月刊。

> 責，荷先朝之厚德，寬蕭律之重誅。投畀遐荒，幸逃鼎鑊。風波萬里，顧衰病以何堪。煙瘴五（？）年，賴喘息之猶在。憐之者嗟其已甚，嫉之者謂其太輕，考圖經正繫海隅，以風土疑非人世。食有併日，衣無禦冬，凄涼一身，顛躓萬狀。恍若醉夢，已無意於生還。豈謂優容，許承恩而近徙。(《經進東坡文集事略》卷二六)

極言海外困頓，百端皆難，得詔內遷，恍然若夢初醒。否極泰來，喜溢顏面，亦人情之常也。居瓊三年，飲鹹食腥，陵暴颶霧，而得生還，或有賴山川之神相之（《本集》,〈峻靈王廟碑〉），然亦東坡隨遇而安，調適有道所致。尤以濃郁眞摯之友情關懷，過子鉅細靡遺之悉心照料爲要。北歸之日，鄰里皆集，儋人爭致餽遺。諸黎之於東坡，何止稍慰流人孤寂耳！其間情誼，溫馨貼切。東坡離瓊，有數十父老，皆攜酒饌，直至舟次相送，執手泣涕而去（《東坡事類》，嫌怨遷謫，遯齋閒覽）。東坡居惠，胸中泊然，無所蒂芥，人無賢愚皆得其歡心（〈東坡先生墓誌銘〉）。其在海外，與父老遊無間。人問「海南風土人情如何？」東坡云：「風土極善，人情不惡」（《遯齋閒覽》），觀其泊然如此，則所到之處，人爭愛慕，亦勢所必然。

第四章　瓊州詩之內涵境界

第一節　屢從淵明遊

一、晚年東坡「和陶」之心態

蘇子由〈東坡追和陶淵明詩引〉曰：

> 東坡先生謫居儋耳，寘家羅浮之下。獨與幼子過負擔渡海，葺茅竹而居之，日啗藷芋，而華屋玉食之念不存於胸中，平生無所嗜好，以圖史爲園囿，以文章爲鼓吹，至是亦皆罷去，獨猶喜爲詩，精深華妙，不見老人衰憊之氣。是時轍亦遷海康，來書告曰：「古之詩人，有擬古之作矣，未有追和古人者也。追和古人則始於吾，吾於詩人，無所甚好，獨好淵明之詩。淵明作詩不多，然其詩質而實綺，癯而實腴，自曹、劉、鮑、謝、李、杜諸人皆莫及也。吾前後和其詩，凡一百有九篇，至其得意，自謂不甚愧淵明。今將集而併錄之，以遺後之君子，其爲我志之。然吾於淵明，豈獨好其詩也哉，如其爲人，實有感焉。淵明臨終疏告儼等：『吾少窮苦，每以家弊，東西游走，性剛才拙，與物多忤，自量爲己，必貽俗患。黽勉辭世，使汝等幼而飢寒』。淵明此語，蓋實錄也。吾眞有此病，而不早自知，半生出仕，以犯世患。此所以深愧淵明，欲以晚節師範其萬一也」。

嗟乎，淵明不肯爲五斗米一束帶見鄉里小兒。而子瞻出仕三十餘年，爲獄吏所困，終不能悛，以陷大難。乃欲以桑榆之末景，自託於淵明。(《蘇東坡全集・續集》卷三，〈和陶詩〉)

察其所言，可歸結兩點：

（一）以陶詩「質而實綺，癯而實腴」之境界，爲藝術極詣，乃「曹、劉、鮑、謝、李、杜」諸人所不及，故獨好之。

（二）以淵明爲人「不爲世誘」，而自落塵網，悔不早悟，欲以晚節師範其萬一，故託志於詩，和陶自況。

茲列「東坡和陶詩繫年」簡目於下，〔註 1〕以察其和陶經歷：

東坡和陶詩繫年簡目

元祐七年壬申（1092 年）　五十七歲－揚州

七　月　〈和陶飲酒二十首〉

紹聖二年乙亥（1095 年）　六十歲－惠州

三　月　〈和陶歸田園居六首〉　并引

七　月　〈和陶讀山海經十三首〉　并引（秋後）

九　月　〈和陶貧士七首〉　并引

十　月　〈和陶己酉九月九日〉　并引

紹聖三年丙子（1096 年）　六十一歲－惠州

元　月　〈和陶詠二疏〉

〈和陶詠三良〉

〈和陶詠荊軻〉

三　月　〈和陶移居二首〉　并引

四　月　〈和陶桃花源〉　并引（成於四月之前）

十　月　〈和陶乞食〉

〔註 1〕此繫年，根據王文誥《蘇文忠公詩編註集成・總案》歸結整理而成。與管林〈蘇軾和陶詩系年〉一文略有出入者，在於〈和陶酬劉柴桑〉（紅藷與紫芽）一詩，管先生以爲紹聖四年冬初到瓊州作，實則爲離惠前之作，王文誥說解甚詳，故不多作贅述。另外，在創作月份上，較爲籠統且錯編〈飲酒詩〉乃揚州二月作，又少〈雜詩〉等篇。管先生之文章，刊載於四川人民出版社《東坡詩論叢》，頁 177。

〈和陶和胡西曹示顧賊曹〉（與和陶乞食並編）
十二月　〈和陶酬劉柴桑〉
〈和陶歲暮作和張常侍〉　并引

紹聖四年丁丑（1097 年）　六十二歲－惠州
閏二月　〈和陶時運四首〉
〈和陶答龐參軍六首〉　并引
（1097 年）　六十二歲－瓊州
六　月　〈和陶止酒〉　并引（雷州）
七　月　〈和陶還舊居〉　夢歸惠州白鶴山居作
〈和陶連雨獨飲二首〉
〈和陶示周掾祖謝〉　遊城東學舍作
八　月　〈和陶勸農六首〉　并引
九　月　〈和陶赴假江陵夜行〉　郊行步月作
〈和陶九日閒居〉　并引
〈和陶擬古九首〉
〈和陶東方有一士〉（與和陶擬古九首並編）
十　月　〈和陶停雲四首〉　并引
〈和陶怨詩示龐鄧〉
〈和陶雜詩十一首〉
十一月　〈和陶始春懷古二首〉
〈和陶贈羊長史〉　并引
（附語：是年十二月，東坡檢集所和陶詩，共一〇九篇，錄請子由作敘。）

紹聖五年戊寅（1098 年）　六十三歲－瓊州
二　月　〈和陶形贈影〉
二　月　〈和陶影答形〉
〈和陶神釋〉
〈和陶使都經錢谿〉　遊城北謝氏廢園作
四　月　〈和陶和劉柴桑〉（以上是年春作）

元符元年戊寅（1098 年）　六十三歲—瓊州

（附語：是年六月改元爲元符）

八　月　〈和陶西田穫早稻〉

〈和陶下潠田舍穫〉

十二月　〈和陶戴主簿〉（歲暮）

元符二年乙卯（1099 年）　六十四歲—瓊州

元　月　〈和陶遊斜川〉　與兒子過出遊作

三　月　〈和陶與殷晉安別〉　送昌化軍使張中

十二月　〈和陶王撫軍座送客〉　再送張中

〈和陶答龐參軍〉　三送張中

元符三年庚辰（1100 年）　六十五歲—瓊州

三　月　〈和陶郭主簿二首〉　并引

五　月　〈和陶始經曲阿〉

（附語：至是和陶集成，凡一二四首。另有〈歸去來集字〉十首，雖非一時一地之作，仍繫於此。）〔註 2〕

〔註 2〕《金石粹編》:「東坡集歸去來六首，行書石刻，一命駕、二涉世、三與世、四雲岫、五世事、六富貴。前刻眉山軾書，後刻元豐四年九月二十二日」。據此則前六首非嶺海所作。但又缺四首，「豈後續爲之，併作十首耶？」（合註）據《晚香堂石刻》記載之東坡小楷書三種，其二曰：「予喜淵明歸去來詞，因集字爲十詩」，後書署款曰子瞻，則此書出東坡手無疑，但年月似有誤，且翻刻既多，已無從辨其涇渭，又有從他處鈎取年月題跋以實之者，故無從考定（詳見王文誥《蘇文忠公詩編註集成・總案》卷四三，歸去來集字，條下案語，頁 1440～1441），則後四首亦未知成於何時。

紹聖四年丁丑十二月，東坡檢平生已和陶淵明詩，凡一百零九篇，爲書告子由，使爲敘，弟子由作敘於雷州（參見《蘇文忠公詩編註集成・總案》卷四一，頁 1388）。又《欒城後集》卷二，載有蘇轍〈和陶淵明詩引〉，文末題曰：「紹聖丁丑十二月十九日，海康城南東齋引。」王十朋《集註分類東坡先生詩》（四部叢刊本）唯和陶未嘗分類，而十詩已在其中，是海外編和陶時，已列入之矣。查慎行《蘇詩補註》（文淵閣《四庫全書》本）編入海外創作，卷四三，尚存公之遺意，今從之。

觀其創作地點，除〈和陶飲酒〉二十首作於揚州外，其餘詩篇，皆完成於惠州、瓊州。故知東坡大力和陶，乃在嶺海期間。其中又以瓊州「和陶」篇目最多（揚州二十首，惠州四十七首，瓊州五十七首）。換言之，「和陶」乃瓊州詩之一大特點，談瓊州詩之內涵境界，必不可忽略。

歷代對東坡「和陶」之觀點不一，約略可分三種：

（一）以為不及淵明者

陳善曰：「山谷嘗謂白樂天、柳子厚，俱效陶淵明作詩，而惟柳子厚詩爲近。然以予觀之，子厚語近而氣不近，樂天氣近而語不近；子厚氣悽愴，樂天語散緩，各得其一，要于淵明未能似近也。東坡亦嘗和陶詩百餘篇，自謂不甚愧淵明。然坡詩亦微傷巧，不若陶詩合自然也。要知陶淵明詩，須觀江文通雜體詩中擬淵明作者，方是逼眞。」（《捫虱新話》下集，卷四）

朱熹曰：「淵明詩所以爲高，正在不待安排，胸中自然流出。東坡乃篇篇句句依韵而和之，雖其高才似不費力，然已失其自然之趣矣。」（《朱子語類》）

劉克莊曰：「士之生世，鮮不以榮辱得喪，撓敗其天眞者。淵明一生，唯在彭澤八十餘日涉世故，餘皆高枕北窗之日。無榮，惡乎辱？無得，惡乎喪？以其所以爲絕唱而寡和也。二蘇公則不然，方其得意也，爲執政侍從；及其失意也，至下獄過嶺。晚更憂患，於是始有和陶之作。二公雖惓惓於淵明，未知淵明果印可否？」（《後村詩話》）

施補華曰：「東坡五古，好和叠韵，欲以此見長，正以此見拙。綑了好打，畢竟是綑。陶詩多微至語，東坡學陶，多超脫語，天分不同也。」（《峴傭説詩》）

上列四者，大體以東坡和陶之作，不若淵明之質樸自然。

（二）肯定東坡成就者

方岳曰：「坡公獨以柳子厚、韋應物發纖穠於簡古，寄至味於淡

泊，蓋韋柳皆以靖節翁爲指歸，而卒與之齊足並驅也。坡公每表和陶諸篇，可以見其所趣無不及焉。（《深雪偶談》）

洪邁曰：「坡公天才，出語驚世，如追和陶詩，眞與之齊驅也。」（題跋）

（三）持客觀評論者

王若虛：「東坡和陶詩，或謂其終不近，或以爲實過之，是皆非所當論也。渠亦因彼之意以見吾意云爾。曷嘗心競而較其勝劣邪？故但觀其眼目旨趣之何如，則可矣。」（《滹南詩話》，卷二）

謝榛曰：「和古人詩，起自蘇子瞻，遠謫南方，風土殊惡，神交異代，而陶令可親。所以飽惠州之飯，和淵明之詩，藉以自遣爾。」（《四溟詩話》）

根據《墨客揮犀》引載黃魯直（庭堅）在黔南所作偈云：

> 子瞻謫海南，時宰欲殺之，飽喫惠州飯，細和淵明詩。淵明千載人，子瞻百世士，出處固不同，風味亦相似。（《東坡事類》·卷六引）

三者所論，較爲客觀。其中魯直之說，末二句「出處固不同，風味亦相似」。《藏海詩話》引爲「出處固不同，風味要相似」。《東坡詩話錄》則曰：「出處固不同，氣味乃相似」。文字雖有出入，然東坡詩風旨趣，與陶相近，當不誤也。

三種評論觀點，雖各有所取，然眞正考慮作者本身之創作背景、思想、情感、乃至寫作動機者，只有王文誥：

> 公之和陶，但以陶自託耳。至於其詩，極有區別：有作意倣之與陶一色者；有本不求合，適於陶相似者；有借韻爲詩，置陶不問者；有毫不經意，信口改一韻者。若飲酒、山海經、擬古、雜詩，則篇幅太多，無此若干作意，勢必雜取詠古紀游諸事以足之，此皆和陶而有與陶絕不相干者，蓋未嘗規規於學陶也。又有非和陶而意有得於陶者：如遷居所居之類皆是。……誥謂公和陶詩，實當一件事作，亦不當一件事作。須識此意，方許談詩，每見詩話及前人

所論，輒以此句似陶，彼句非陶，為牢不可破之說。使陶自和其詩，亦不能逐句皆似原唱，何所見之鄙也。……蓋其意既以陶自託，又豈肯與之較事功，論優劣哉。(《蘇文忠公詩編註集成》，詩集，卷三九，〈和陶歸田園居六首〉案語)

不僅分析作者創作意念，更指明「出處不同」，不應勉強論優劣、較事功。最重要者在於東坡「但以陶自託耳！」之「和陶」旨趣。此亦晚年東坡「和陶」之心態也。

二、師範淵明之例

(一)詠史自託

李辰冬先生於《陶淵明評論》一書，論及「淵明之藝術造詣」，談淵明〈詠史之成就〉，有云：

陶淵明詠史詩的特徵：一般的詠史詩，所寫的歷史事件，往往與自己行為不合，不過引古以歎今，或引古以寄意，如左思〈詠史詩〉說的：「吾希段干木，偃息藩魏君。吾慕魯仲連，談笑卻秦軍」，他祇是「希」，祇是「慕」，並不是真個如此；而陶淵明所歌詠的故事，都是他親身經歷的。雖說行跡稍有不同。而精神是完全一致。所以他的詠史詩，讓我們讀來，一點不感到牽強附會，這是他詠史詩成功的地方。〔註3〕

此言淵明歌詠故事，皆其親身經歷，實則所謂「詠史自託」者。東坡瓊州詩，詠史之作，即有淵明此項特徵。茲舉二人詩例如下：

陶淵明〈詠貧士〉：

榮叟老帶索，欣然方彈琴。原生納決履，清歌暢商音．重華去我久，貧士世相尋，弊襟不掩肘，藜羹常乏斟。豈忘襲輕裘，苟得非所欽。賜也徒能辨，乃不見吾心。(〈詠貧士〉之三，《靖節先生集》卷之四)

安貧守賤者，自古有黔婁。好爵吾不榮，厚饋吾不酬。一

〔註3〕見於此書第五章，頁124，東大圖書公司，民國64年8月版。

旦壽命盡，弊服仍不周。豈不知其極，非道故無憂。從來將千載，未復見斯儔。朝與仁義生，夕死復何求。(〈詠貧士〉之四)

昔在黃子廉，彈冠佐名州。一朝辭吏歸，清貧略難儔。年饑感仁妻，泣涕向我流。丈夫雖有志，固為兒女憂。惠孫一晤歎，腆贈竟莫酬。誰云固窮難，邈哉此前修(〈詠貧士〉之七)

淵明〈詠貧士〉共七首，此僅舉三首。從詩中，不難窺得淵明自身影子，榮啓期，原憲固窮，不取非道；黔婁安貧守賤，得仁與義；黃子廉之辭吏歸隱，不因饑貧而失節。全是淵明自我寫照，頗能妙合無跡。

東坡瓊州詩中詠史自託之例，有〈和陶擬古九首〉及〈和陶雜詩十一首〉等。茲以〈和陶雜詩〉之三、四、五，三首爲例：

眞人有妙觀，俗子多妄量。區區勸粒食，此豈知子房。我非徒跣相，終老懷未央。免死縛淮陰，狗功指平陽。哀哉亦何羞，世路皆羊腸。(〈和陶雜詩〉之三，《蘇軾詩集》卷四一)

相如偶一官，嗤鄙蜀父老。不記犢鼻時，滌器混傭保。著書曾幾何，渴肺灰土燥。琴臺有遺魄，笑我歸不早。作書遺故人，皎皎我懷抱。餘生幸無愧，可與君平道。(〈和陶雜詩〉之四)

孟德黠老狐，姦言嗾鴻豫。哀哉喪亂世，梟鸞各騰翥。逝者知幾人，文舉獨不去。天方斵漢室，豈計一郗慮。昆蟲正相齧，乃比藺相如。我知公所坐，大名難久住。細德方險微，豈有容公處。既往不可悔，庶爲來者懼。(〈和陶雜詩〉之五)

分言之：雜詩之三，寫漢代張良、蕭何、韓信等人命運，用以說明「世路皆羊腸」。蓋以自身遭遇屢爲世患所累，欲學張良絕粒食，遠塵俗也。雜詩之四，以司馬相如、嚴君平，皆爲蜀人自託（東坡蜀人），期能早歸故里。雜詩之五，如紀昀所言：「以孔融自比」也。〔註 4〕據《後漢書．孔融傳》記載：

孔融，字文舉，曹操（字孟德）忌融正議慮，鯁大業。山陽郗慮（字鴻豫），承望風旨，奏免融官。因顯明讐怨，操故書激厲融曰：「廉藺小國之臣，猶能相下，國家東遷，文舉盛讚鴻豫，名實相符。鴻豫亦稱文舉，奇逸博聞。誠怪今者與始相違。」操既積嫌怨，郗慮復構成其罪，遂令路粹枉狀奏融下獄，棄市。(《施顧注蘇詩》卷四二)

觀此所云，孔融之受忌被害，完全在於才氣過高，聲譽太隆。東坡云：「我知公所坐，大名難久住。細德方險微，豈有容公處。」實際指稱者，乃自身遭遇。在〈和狄咸詩〉中，東坡自道：「才疏絕類孔文舉」，謂幾於見殺也（《蘇軾詩集》卷四一，引王文誥案語），足見東坡以孔融自況，有其深意，且能不著痕跡，妙寓天成。王文誥曰：

自此以下（指〈和陶雜詩〉第三首）六首，以古方今，逐首皆落我字，人多以詠古囫圇讀過，特指示之。論蘇多矣，未見有發明之者。誥苟有誤，即當捫舌終身，不復詞壇樹幟。(《蘇文忠公詩編註集成》，〈詩集〉卷四一)

語氣雖屬狂傲自恃，但所論頗能切中東坡詠史旨趣，淵明〈詠貧士〉、〈詠二疏〉、〈詠三良〉、〈詠荊軻〉泰半藉史自託，東坡瓊州詩作，亦不乏詠史自託之例。二者「出處不同」、「風味相似」，於此可見一般。

（二）上與神遊

東坡〈和陶東方有一士〉詩云：

瓶居本近危，甑墜知不完。夢求亡楚弓，笑解適越冠。
忽然返自照，識我本來顏。歸路在脚底，殽澠失重關。
△△△△△　△△△△△
屢從淵明遊，雲山出毫端。借君無弦琴，寓我非指彈。
△△△△△
豈惟舞獨鶴，便可攝飛鸞。(《蘇軾詩集》卷四一)

〔註 4〕見角山樓《蘇詩評注彙鈔》卷二十，頁 15，總頁 1608。趙克宜編纂，新興書局，56 年版。

有自註之語云：「此東方一士，正淵明也。不知從之遊者誰乎？若了得此一段，我即淵明，淵明即我也。」觀詩所云：「夢求亡楚弓，笑解適越冠」、「歸路在脚底，殽潼失重關。」此東坡自寫心境無疑。則上與淵明神遊之士，非東坡而誰屬？瓊州時期，此一海外老翁，得能曠達閒適，隨遇而安，實與精神生活之有所寄託，有莫大關連。觀其〈和陶怨詩示龐鄧〉云：

當歡有餘樂，在戚亦頹然。淵明得此理，安處故有年。
嗟我與先生，所賦良奇偏。人間少宜適，惟有歸耘田。
我昔墮軒冕，毫釐眞市廛。困來臥重裀，憂愧自不眠。
如今破茅屋，一夕或三遷。風雨睡不知，黃葉滿枕前。
寧當出怨句，慘慘如孤烟。但恨不早悟，猶推淵明賢。

（《蘇軾詩集》卷四一）

王文誥曰：「此詩反覆致意淵明，乃盡和其詩之本意。」（《蘇文忠公詩編註集成》卷四一，案語）世間既有錦上添花事，亦有禍不單行時，如何處之泰然，灑落塵俗羈絆，必先自我調適。東坡灑然清靜，胸襟浩落，最得淵明精神。遂有以昔日軒冕爲非，今日破屋乃是之語。前者汲汲營營，苦爲世誘，常憂愧難寢，後者仰不愧天，俯不怍人，不憂不懼，安然入夢。發而爲詩，盡得奇偏，東坡師範淵明之例，於此又見一端。若〈和陶神釋〉云：

二子本無我，其初因物著。（二子，指形與影）
豈惟老變衰，念念不如故。知君非金石，安得長託附。
莫從老君言，亦莫用佛語。仙山與佛國，終恐無是處。
甚欲隨陶翁，移家酒中住。醉醒要有盡，未易逃諸數。
平生逐兒戲，處處餘作具。所至人聚觀，指目生毀譽。
如今一弄火，好惡都焚去。既無負載勞，又無寇攘懼。
仲尼晚乃覺，天下何思慮。（《蘇軾詩集》卷四二）

極言形體之不可恃，人生如寄，汲汲營營，所爲何事？回顧平生際遇，苦爲世誘，形同傀儡、受外物驅使，爲聲名所累，故「指目生毀譽」。榮辱得喪，禍福相倚，全然不能自作主人。而今始悟「念念遷謝，新新不住，如火成灰，漸漸消殞」（《楞嚴經》）、「夢幻去來，誰少誰多，彈指太息，浮雲幾何？」（〈和陶停雲詩〉之四），好惡焚去，榮辱兩空，東坡深覺「仙山佛國」恐亦虛渺，唯如淵明，委運大化歸於自然〔註 5〕「不以生死禍福動其心」，〔註 6〕方可謂知道之士。「微淵明，吾誰與歸！」東坡上與神遊，不求貌合之心境，昭然可見。

第二節　歛收平生心

一、佛道思想之由來

（一）家庭因素

東坡雙親（蘇洵夫婦）皆篤信佛道。據蘇洵〈題張仙畫像〉云：

> 洵嘗於天聖庚午重九日至玉局觀無礙子卦肆中，見一畫像云張仙也，有感必應。因解玉環易之，旦必露香以告，逮數年得軾。（老泉《嘉祐集》）

則東坡之誕生，蘇洵以爲乃神所賜，深信無礙子之言不妄。而成國夫人，尤深信佛道，交往者多道士，有告以「令郎必爲貴人」者，乃延請道士張易簡，爲軾之啓蒙師，故東坡接觸佛道之理甚早。然眞正深

〔註 5〕陶淵明〈神釋詩〉原作爲：
大鈞無私力，萬物自森著。人爲三才中，豈不以我故？與君雖異物，生而相依附。結託善惡同，安得不相語。三皇大聖人，今復在何處？彭祖壽永年，欲留不得住。老少同一死。賢愚無復數。日醉或能忘，將非促齡具。立善常所欣，誰當爲汝譽。甚念傷吾生，正宜委運去。縱浪大化中，不喜亦不懼。應盡便須盡，無復獨多慮。（見《靖節先生集》卷之二，頁 3。河洛圖書出版社，63 年 9 月臺景印版）

〔註 6〕宋・李公煥，註陶詩云：「鶴林曰，縱浪大化中四句，是不以死生禍福動其心，泰然委順，養神之道也。淵明可謂知道之士矣。」見《陶淵明詩箋註》卷二，頁 45，丁仲祜撰，藝文印書館刊行。

入涉獵，乃至勤讀佛道書籍，當在出仕之後，宦遊四方，往往交接和尚道士爲友，彼此往還談禪說道，研究佛理，認識漸廣，體悟漸深。

（二）境遇所牽

東坡晚年善好佛道，與幼年所受影響，及道友切磋之所積，雖有關連，但皆不及境遇坎坷影響之深。東坡一生，謫遷命運，最屬艱辛，首謫黃州，次遷嶺表，再放海外，垂老投荒，心靈苦痛。念人生之虛幻，悲命運之坎坷，何以解脫痛苦？唯有逃禪學道，以靜達之心，克制塵俗之念，期能物後兩忘，身心皆空，則苦痛不復存焉。其謫居黃州「閉門却掃，收召魂魄」、「歸誠佛僧，求一洗之，得城南精舍曰安國寺，有茂林脩竹，陂池亭榭，間一二日輒往焚香默坐，深自省察。」、「旦往而暮還者，五年於此矣。」（〈黃州安國寺記〉，《蘇東坡全集・前集》卷三三），洗心歸佛，日與佛僧往還，放情山水田園，幾已成爲東坡居處貶所，而蠻瘴不能侵之最佳武器。後至惠州，何獨不然！〈過大庾嶺〉詩云：

> 一念失垢汙，身心洞清淨。浩然天地間，惟我獨也正。今日嶺上行，身世永相忘。仙人拊我頂，結髮受長生。（《蘇軾詩集》卷三八）

〈南華寺〉詩云：

> 我本修行人，三世積精鍊。中間一念失，受此百年譴。（同上）

儼然視自身即神仙，不過偶因一念之失，謫放人間受苦罷矣。如此熱衷仙道之因，無非想借此寬解自我，逃離現實苦痛。自謂「仙人與道士，自養豈在繁，但使荊棘除，不憂梨棗愆。」、「我年六十一……常苦弱蔓纏，養我歲寒枝，會有解脫年。」〔註7〕渴求解脫之心態，亦

〔註 7〕〈十二月二十五日酒盡取米欲釀，米亦竭。時吳遠遊陸道士皆客于余，因讀淵明〈歲暮和張常侍詩〉，亦以無酒爲歎，乃用其韻贈二子〉詩，見《蘇詩補註》卷四〇，頁 804，商務印書館，《文淵閣四庫全書》。

不難知矣。故流放嶺海之後，東坡猶借佛道自寬。因東坡素好道術，留心養生之術，晚年「于龍虎鉛汞之說，不但能言，而且能行。」（見查慎行《蘇詩補註》卷三九），有〈贈陳守道〉、〈辨道歌〉等篇，闡抉道家內外丹之說，殆無餘蘊（見同上）。更有專記〈海上道人傳以神守氣訣〉之詩篇（同上，卷四○），故惠州東坡頗熱衷於神人仙藥。到瓊州，佛道思想落於平實，不再汲汲於「長生」之術，有返璞歸眞，不再染著之氣象。蓋歷練已深，圓融生命境界，亦一一呈現之故。

二、靜達養身

（一）靜坐息念

誠如東坡〈與元老姪孫書〉云：「日近憂畏愈深，飲食語默，百慮而後動。」（《蘇東坡全集・續集》卷七），居瓊之日，尙無法擺脫以詩文得罪之陰影。與謫遷黃州時〈答李方叔書〉所言：「某以虛名過實，士大夫不察，責望逾涯，朽鈍不能副其求，復致紛紛。欲自致省靜寡過之地，以餞餘年」（同上，卷六）之心態相同。

東坡極需一處靜謐省思之地，於瓊州儋耳，東坡得一古寺，與一道士息軒，藉以閉戶靜坐「默耕寸田」（〈郊行步月〉詩，有「歸來閉户坐，寸田且默耕」之語，見《蘇軾詩集》卷四二）。其〈入寺〉詩云：

> 曳杖入古寺，輯杖揖世尊。我是玉堂仙，謫來海南村。
> 多生宿業盡，一氣中夜存。旦隨老鴉起，饑食扶桑暾。
> 光圓摩尼珠，照輝玻瓈盆。來從佛印可，稍覺魔忙奔。
> 閒看樹轉午，坐到鐘鳴昏。斂收平生心，耿耿聊自溫。
>
> （《蘇軾詩集》卷四一）

王文誥以「光圓摩尼珠，照輝玻瓈盆。來從佛印可，稍覺魔忙奔。」四句，謂「光明透澈，無所不了也。」（詩下註語），東坡自比謫仙，放下多生宿業，與老鴉同數晨昏，取日光爲食，萬緣盡空，靜達平和，百念不生，幾見道矣。人能自修如此，則煩惱不生，是非不作，榮辱得失不存於胸。偶作平生之歎，亦能旋即拋離。

〈司命宮楊道士息軒〉云：

無事此靜坐，一日似兩日。若活七十年，便是百四十。
△△△△△
黃金幾時成，白髮日夜出。開眼三千秋，速如駒過隙。
是故東坡老，貴汝一念息。時來登此軒，目送過海席。
△△△△△
家山歸未能，題詩寄屋壁。(《蘇軾詩集》卷四三)

《名勝志》云：「朝天宮在儋州城東南中，有息軒。」(查愼行《蘇詩補註》引)，此詩前四句，據《苕溪漁隱叢話》云：「無事此靜坐，便覺一日似兩日，若能處置此生常似今日，年至七十便是百四十歲。人間何藥能有此效？此方人人收得，但苦無好湯，使多嘸不下。坡題息軒詩，正此意也。」(同上)，天下本無事，庸人自擾之，一念之息，蓋根本之道。詩末所云：「家山歸未能，題詩寄屋壁」，亦聊慰窮愁，藉以息念之舉。故東坡居瓊州，能澄淨心靈，寵辱偕忘，亦得之於此。如〈次韻子由三首之一・東亭〉所云：

仙山佛國本同歸，世路玄關兩背馳。到處不妨閒卜築，流年自可數期頤。遙知小檻臨廛市，定有新松長棘茨。誰道茅簷劣容膝，海天風雨看紛披。(《蘇軾詩集》卷四一)

平息心念，則環境迫隘，並不足掛懷。仙山佛國境界，非不可到，端看世人「息念」與否？

（二）安禪樂道

觀〈次韻子由浴罷〉詩云：

理髮千梳淨，風晞勝湯沐。閉息萬竅通，霧散名乾浴。
△△△△△
頹然語默喪，靜見天地復。時令具薪水，漫欲濯腰腹。
△△△△△
陶匠不可求，盆斛何由足。老雞臥糞土，振羽雙瞑目。
倦馬驟風沙，奮鬣一噴玉。垢淨各殊性，快愜聊自沃。

雲母透蜀紗，琉璃瑩蘄竹。稍能夢中覺，漸使生處熟。
楞嚴在牀頭，妙偈時仰讀。返流歸照性，獨立遺所矚。
△△△△△　△△△△△　△△△△△　△△△△△
未知仰山禪，已就季主卜。安心會自得，助長毋相督。
（《蘇軾詩集》卷四二）

借乾浴，談禪理，不可多得者，在於融禪理入詩，乃以日常所行所思出發，非刻意標舉，境界自是不同。觀其「閉息萬竅通」、「靜見天地復」，得道家精神思想之極致。「返流歸照性，獨立遺所矚」，安心自得，亦佛禪至高境界。如《楞嚴經》所言：「汝今欲逆生死，欲流反，窮流根，至不生滅（不垢淨、不增減），當驗此等六受用根：誰合？誰離？誰深？誰淺？誰為圓通？誰不圓通？」又云：「于外六塵，不多流逸？因不流逸，旋元自歸。塵既不緣，根無所偶，反流全一，六用不行」；故「覺海性澄，圓圓澄覺，元妙元明。」〔註8〕所謂六根，乃指「眼、耳、鼻、舌、身、意」；六塵，指「色、聲、香、味、觸、法」，塵緣既絕，根無所用，愛欲不生，煩惱不作。人有迷悟，在於未能了脫此段。東坡仰讀妙偈，稍能夢覺，安禪樂道，見於行住坐臥間。如〈謫居三適〉之二．〈午窗坐睡〉：

蒲團蟠兩膝，竹几閣雙肘。此間道路熟，徑到無何有。
　　　　　　　　　　　　△△△△△　△△△△△
身心兩不見，息息安且久。睡蛇本亦無，何用鉤與手。
△△△△△　△△△△△
神凝疑夜禪，體適劇卯酒。我生有定數，祿盡空餘壽。
枯楊不飛花，膏澤回衰朽。謂我此為覺，物至了不受。
　　　　　　　　　　　　　　　　　　△△△△△
謂我今方夢，此心初不垢。非夢亦非覺，請問希夷叟。
　　　　　　△△△△△
（《蘇軾詩集》卷四一）

詩中所云「此間道路熟，徑到無何有」，即莊子「出六極之外，而遊無何有之鄉」（〈應帝王篇〉），要以清虛之氣，遨遊太虛之中，與天地合一，無物無我，故能身心兩忘，息息皆安，物至不受，非夢非覺。

〔註8〕參見查慎行《蘇詩補註》卷四一，頁823，註下。

嘗自道：

問我何處來，我來無何有。(〈和陶擬古〉之一)

昔我未嘗達，今者亦安窮。窮達不到處，我在阿堵中。」(〈和陶擬古〉之二)

有海上道人評東坡云：「眞蓬萊方丈中謫仙人也」(《黃山谷題跋》)，果眞不虛，死生如寄，「夢幻去來，誰少誰多」(〈和陶停雲詩〉)，詩云：

吾生如寄耳！何者爲吾廬。(〈和陶擬古〉之三)

平生生死夢，三者無劣優。(〈別海南黎民表〉)

醒醉皆夢耳！未用議優劣。(〈和陶影答形〉)

體悟既深，自不再爲塵世所羈！清坐無事，不免自我解嘲道：

老去獨收人所棄，悠哉時到物之初。

從今免被孫郎笑，絳帕蒙頭讀道書。(《蘇軾詩集》卷四一，客俎經旬無肉又子由勸不讀書，蕭然清坐乃無一事)

謂老聃，乃博大眞人：

博大古眞人，老聃關尹喜。獨立萬物表，長生乃餘事。

稚川差可近，儻有接物意。我頃登羅浮，物色恐相值。

徘徊朱明洞，沙水自清駛。滿把昌蒲根，歎息復棄置。

(〈和陶雜詩〉之六)

想惠州三年（紹聖元年六月至紹聖四年四月），汲汲營營追求長生之術，且煉丹求藥，而今始悟「乃餘事」耳！藍喬「常苦世褊迫，西游王屋山，不踐長安陌」，故東坡謂其「近得道」(〈和陶雜詩〉之七)，蓋以自身境遇，與藍喬相同，頗有追隨之意。另有一詩，寫〈安期生〉，對「得道」二字，另有體會：

安期本策士，平日交蒯通。嘗干重瞳子，不見隆準公。

應如魯仲連，抵掌吐長虹。難堪踞牀洗，寧挹扛鼎雄。

事既兩大繆，飄然籥遺風。乃知經世士，出世或乘龍。

豈比山澤臞，忍飢啖柏松。縱使偶不死，正堪爲僕僮。

茂陵秋風客，望祖猶蟻蜂。(望祖，施註作望祀)

海上如瓜棗，可聞不可逢。(《蘇軾詩集》卷四三)

東坡序曰：「安期生，世知其爲仙者也。然太史公曰：蒯通善齊人安期生，生嘗以策干項羽（人言項羽乃重瞳子），羽不能用，欲封此兩人，兩人終不肯受，亡去。予每讀此，未嘗不廢書而歎。嗟乎，仙者非斯人而誰爲之。故意戰國之士，如魯連、虞卿，皆得道者歟？」（〈安期生〉詩引）故眞「得道」者，不爲世俗所牽，不受富貴所誘，灑然去來，泊然無思者也，東坡以此境界爲了脫生死苦痛之良方，故能安禪樂道，無思無慮。又〈題過子所畫枯木竹石三首〉之一云：

山僧自覺菩提長，心境都將赴臥輪。(《蘇軾詩集》卷四三)

清明日，「追懷先君宮師」且念「淮德二幼孫」云：

丈夫貴出世，功名豈人傑。家書三萬卷，獨取服食訣。地行即空飛，何必挾日月。(〈和陶郭主簿之二〉,《蘇軾詩集》,卷四三)

王文誥曰：「『丈夫貴出世，功名豈人傑。』二句，謂我在泥塗已同謫仙，正不必以功名終也。」(《蘇海識餘》一)，東坡處江湖之遠，安禪樂道，不忮不求，故能道此語。

第三節　坎坷識天意

一、樂天曠達

（一）委命於天

紹聖四年四月，東坡謫海南，弟子由亦貶雷州。被命即行，了不相知，至梧乃聞子由尚在藤，計旦夕當追及之，遂作詩示之：

九疑聯綿屬衡湘，蒼梧獨在天一方。
孤城吹角烟樹裏，落月未落江蒼茫。
幽人拊枕坐歎息，我行忽至舜所藏。
江邊父老能說子，白鬚紅頰如君長。
莫嫌瓊雷隔雲海，聖恩尚許遙相望。
平生學道眞實意，豈與窮達俱存亡。

天其以我爲箕子，要使此意留要荒。

他年誰作輿地志，海南萬里眞吾鄉。(《蘇軾詩集》卷四一)

紀昀曰：「東坡難得如此和平。」〔註9〕實則晚年東坡，樂天曠達之胸襟使然。元豐年間，初貶黃州，有強烈受挫之悲痛，故「過淮」之日，有「麏鼯號古戍，霧雨暗破驛。回頭梁楚郊，永與中原隔」(《蘇軾詩集》卷二〇）之黯然。後貶惠州，南遷至「慈湖峽阻風」，心興：「此生歸路愈茫然，人間何處不巉巖」之歎！但又期盼「暴雨過雲聊一快，未妨明月却當空。」(〈慈湖峽阻風五首〉，《蘇軾詩集》卷三七)。當行至大庾嶺，有詩云：

一念失垢污，身心洞清淨。浩然天地間，惟我獨也正。

今日嶺上行，身世永相忘。仙人拊我頂，結髮受長生。

(〈過大庾嶺〉，《蘇軾詩集》卷三八)

趙汸《東山集》跋此詩墨跡云：「公晚節播遷嶺海，遂欲學陰長生超然遐舉，蓋已信死生禍福，非人所爲矣。以垂老之年，當轉徙流離之際，而浩然無毫髮顧慮（查愼行《蘇軾補註》引)。」旅途困頓以來，東坡心境蓋已數遷，自知憂患難逃。雖「子孫痛哭於江邊，已爲死別。」(〈昌化軍謝表〉)，親情所繫，不免傷痛。然其胸次曠達，旋即拋離悲涼，並以坎坷命運，委之於天，言「天其以我爲箕子，要使此意留要荒」，大有孟子「天將降大任於斯人也，必先苦其心志，勞其筋骨，餓其體膚，空乏其身，行拂亂其所爲，所以動心忍性，增益其所不能。」之意味。此天之有大任於我也！故樂天曠達，而以「莫嫌瓊雷隔雲海，聖恩尚許遙相望。」慰勉子由。後行瓊儋間肩輿坐睡，夢中得句云：「千山動鱗甲，萬谷酣笙鐘」，覺而遇清風急雨，戲作數句云：

四州環一島，百洞蟠其中。我行西北隅，如度月半弓。

登高望中原，但見積水空。此生當安歸，四顧眞途窮。

眇觀大瀛海，坐詠談天翁。茫茫太倉中，一米誰雌雄。

〔註9〕見紀文達公評《蘇文忠公詩集》卷四一，頁781，宏業書局，民國58年6月版。

幽懷忽破散，詠嘯來天風。千山動鱗甲，萬谷酣笙鐘。
安知非群仙，鈞天宴未終。喜我歸有期，舉酒屬青童。
急雨豈無意，催詩走群龍。夢雲忽變色，笑電亦改容。
應怪東坡老，顏衰語徒工。久矣此妙聲，不聞蓬萊宮。
（《蘇軾詩集》卷四一）

東坡在儋耳云：「吾始至南海，環視天水無際，淒然傷之曰：何時得出此島耶。已而思之天地在積水中，九洲在大瀛海中，中國在少海中，有生孰不在島者。覆盆水於地，芥浮於水，蟻附於芥，茫然不知所濟。少焉水涸，蟻即竟去，見其類出涕曰：幾不復與子相見，豈知俯仰之間，有方軌八達之路乎？念此可爲一笑（《蘇文忠公居儋錄》，言行錄）」。趙克宜云此詩「前路寫實境，極其沈鬱，後幅運幻想，極其酣暢。」〔註 10〕蓋前段頗有「山窮水盡」（王文誥案語）之憂，然心境旋因悟得「有生孰不在島中」而舒展，便拓出以下境界。天風詠嘯，急雨催詩，皆天意所爲，夢雲變色，笑電改容，怪己顏衰語工，故稍示懲戒，方有此難，但以群仙憐惜，以鈞天廣樂享之，則歸路有期矣！雖云戲書，實乃東坡以群仙諸語，自爲評賞。將沈鬱愁懷，化解於無形，故能曠達如此。

居瓊三年，東坡自感身世：

虞人非其招，欲往畏簡書。穆生責醴酒，先見我不如。
江左古弱國，強臣擅天衢。淵明墜詩酒，遂與功名疎。
我生値良時，朱金義當紆。天命適如此，幸收廢棄餘。
獨有愧此翁，大名難久居。不思犧牛龜，兼取熊掌魚。
北郊有大賚，南冠解囚拘。眷言羅浮下，白鶴返故廬。
（〈和陶始經曲阿〉，《蘇軾詩集》卷四三）

此詩，於元符三年五月，聞赦（移廉州安置）後所作，亦和陶最後一首（王十朋《合註》及查愼行《蘇詩補註》題作〈和陶始作鎭軍參軍經曲阿〉）。將一生以詩文得禍，流放海國之緣由，詳述其間：「大名

〔註 10〕見《蘇詩評註彙鈔》卷一九，頁 1542，趙克宜纂，新興書局，民國 56 年 9 月版。

難久居」、「強臣擅天衢」，非時不我予，乃「天命適如此」。東坡付一切禍福於造物，故能「矯首獨傲世，委心還樂天」。〔註11〕

（二）以不歸為歸

〈和陶雜詩十一首〉之十一曰：

我昔登朐山，出日觀滄涼。欲濟東海縣，恨無石橋梁。
今茲黎母國，何異于公鄉。蠔浦既黏山，暑路亦飛霜。
所欣非自誷，不怨道里長。（《蘇軾詩集》卷四一）

《漢書．于定國傳》云：「東海郯人也。其父于公爲獄吏，決獄平，郡爲立生祠，號曰「于公祠」（施註）；《海州志》曰：「孝婦冢在郯城。孝婦竇氏。于公郯人，爲郡決曹，以爭孝婦獄，辭疾去。故居在東海城北十里，名于公浦（即于公鄉）」（《查註》）。詩中所言，乃以于公自況。今居海南當屬慶幸，「他年誰作輿地志，海南萬里眞吾鄉」（詩見前，（一）委命於天），故云「所欣非自誷，不怨道里長」，實則以不歸爲歸。

如〈庚辰歲（元符三年）人日作，時聞黃河已復北流，老臣數論此，今斯言乃驗二首〉之二：

不用長愁挂月村，檳榔生子竹生孫。
新巢語燕還窺研，舊雨來人不到門。
春水蘆根看鶴立，夕陽楓葉見鴉翻。
此生念念隨泡影，莫認家山作本元。（《蘇軾詩集》卷四三）

紀昀曰：「末亦無聊自寬之語，勿以禪悅視之。」〔註12〕「莫認家山作本元」則隨處可安居，何況瓊島風土人情不惡。東坡〈被酒獨行徧至子雲、威、徽、先覺四黎之舍三首〉之二云：

總角黎家三四童，口吹葱葉送迎翁。
莫作天涯萬里意，溪邊自有舞雩風。（《蘇軾詩集》卷四二）

〔註11〕〈和陶還舊居〉，有詩句云：「往來付造物，未用相招麾。」（《蘇軾詩集》卷四一）又「矯首……樂天」句，見〈歸去來集字十首〉之四（《蘇軾詩集》卷四三）。

〔註12〕見同註9，卷四三，頁813。

「莫作天涯萬里意」與「莫認家山作本元」同爲曠達自寬之語，唯其如此，故能以不歸爲歸，樂天安命。又〈次前韻寄子由〉曰：

我少即多難，邅回一生中。百年不易滿，寸寸彎強弓。
老矣復何言，榮辱今兩空。泥洹尚一路，所向餘皆窮。
似聞崆峒西，仇池迎此翁。胡爲適南海，復駕垂天雄。
下視九萬里，浩浩皆積風。回望古合州，屬此琉璃鐘。
離別何足道，我生豈有終。渡海十年歸，方鏡照兩童。
還鄉亦何有，暫假壺公龍。峨眉向我笑，錦水爲君容。
天人巧相勝，不獨數子工。指點昔遊處，蒿萊生故宮。

（《蘇軾詩集》卷四一）

王文誥案曰：「此詩本旨，以不歸爲歸。猶言此區區形跡之累，不足囿我也。」〔註13〕故〈和陶歸去來兮辭〉曰：

歸去來兮，吾方南遷安得歸。臥江海之澒洞，弔鼓角之悽悲。迹泥蟠而愈深，時電往而莫追，懷西南之歸路，夢良是而覺非。悟此生之何常，猶寒暑之異衣。豈襲裘而念葛，蓋得觕而喪微。我歸甚易，匪馳匪奔。俯仰還家，下車闔門。藩垣雖缺，堂室故存。挹吾天醴，注之窪尊。飲月露以洗心，飡朝霞而眩顏。混客主而爲一，俾婦姑之相安。知盜竊之何有，乃掊門而折關。廓圓鏡以外照，納萬象而中觀。治廢井以晨汲，滃百泉之夜還。守靜極以自作，時爵躍而鯢桓。歸去來兮，請終老於斯游。我先人之敝廬，復舍此而焉求？均海南與漠北，挈往來而無憂。畸人告予以一言，非八卦與九疇。方飢須糧，已濟無舟。忽人牛之皆喪，但喬木與高丘。警六用之無成，自一根之返流，望故家而求息，曷中道之三休。已矣乎，吾生有命歸有時，我初無行亦無留。駕言隨子聽所之，豈以師南華而廢從安期。謂湯稼之終枯，遂不溉而不耔。師淵明之雅放，和百篇之新詩。賦「歸來」之清引，我其後身蓋無疑。（《蘇軾詩

〔註13〕參見王文誥《蘇文忠公詩編註集成》，詩集卷四一，頁 3494，「蒿萊生故宮」句下誥案語。學生書局版。

集》卷四七，補錄）

並引曰：「子瞻謫居昌化，追和淵明〈歸去來辭〉，蓋以無何有之鄉爲家。雖在海外，未嘗不歸云爾。」（見同上）。歸結其辭，思想境界有二：

其一：悟此生之無常，昔日夢幻，覺來全非，何以憂劣爲？其二：海南即漠北，設歸路之既成，飲月露，飡朝霞，照性養身，守靜以終老，夫復何求？東坡樂天曠達，良有以也。

二、隨緣自適

（一）處窮無怨

元符元年，董必察訪廣西，時子瞻在儋州，董至雷，遣一小使臣過儋，有逐出官舍之事（參見王定國《甲申雜記》），子由誌此事云：「先生安置昌化初，僦官屋以庇風雨，有司猶以爲不可，則買地築室，爲屋三間」（〈東坡先生墓誌銘〉），有〈新居〉詩云：

朝陽入北林，竹樹散疎影。短籬尋丈間，寄我無窮境。
舊居無一席，逐客猶遭屏。結茅得茲地，翳翳村巷永。
數朝風雨涼，畦菊發新穎。俯仰可卒歲，何必謀二頃。
（《蘇軾詩集》卷四二）

此新居在昌化軍城南，污池之側。「極湫隘，粗有竹樹，烟雨濛晦」（〈答程天侔三首之二〉，《蘇東坡全集·續集》卷七），實爲蜑塢獠洞，此老尚以爲「可以杜門面壁少休也」（〈與鄭嘉會書〉，見同上），故有「俯仰可卒歲，何必謀二頃」之語，若非胸懷曠達，隨遇而安之人，語無從出。觀其卜築所作〈和陶和劉柴桑〉詩云：

萬劫互起滅，百年一踟躕。漂流四十年，今乃言卜居。
且喜天壤間，一席尚吾廬。稍理蘭桂叢，盡平狐兔墟。
黃橼出舊枿，紫茗抽新畬。我本早衰人，不謂老更劬。
邦君助畚鍤，鄰里通有無。竹屋從低深，山牕自明疎。
一飽便終日，高眠忘百須。自笑四壁空，無妻老相如。
（《蘇軾詩集》卷四二）

知其新居頗有「家徒四壁」之狀。然平生漂流，歷經萬劫之東坡，反而甘之若飴，一飽終日，高眠忘憂，簞食瓢飲陋巷，安之若素，「且喜天壤間，一席尚吾廬。」處窮無怨，故能隨遇而安。

在儋耳聞子由瘦，有詩云：

五日一見花豬肉，十日一遇黃雞粥。
土人頓頓食藷芋，薦以薰鼠燒蝙蝠。
舊聞蜜唧嘗嘔吐，稍近蝦蟆緣習俗。
十年京國厭肥羜，日日烝花壓紅玉。
從來此腹負將軍，今者固宜安脫粟。
人言天下無正味，蝍蛆未遽賢麋鹿。
海康別駕復何爲，帽寬帶落驚童僕。
相看會作兩臞仙，還鄉定可騎黃鵠。（《蘇軾詩集》卷四一）

公自註：「儋耳至難得肉食。」則瘦臞難免，以「十年京國厭肥羜」與今日「頓頓食藷芋」之情況相較，自屬不堪。然東坡以「從來此腹負將軍」故「今者固宜安脫粟」，撇清窮困面貌，以「還鄉定可騎黃鵠」自寬。故〈和陶擬古九首〉之四自寫心境曰：

少年好遠遊，蕩志隘八荒。九夷爲藩籬，四海環我堂。
盧生與若士，何足期渺茫。稍喜海南州，自古無戰場。
奇峰望黎母，何異嵩與邙。飛泉瀉萬仞，舞鶴雙低昂。
分流未入海，膏澤彌此方。芋魁儻可飽，無肉亦奚傷。
（《蘇軾詩集》卷四一）

不因環境窘迫枯寂而憂，不以老來反遭流放而怨。

東坡〈和陶雜詩十一首〉之一：

斜日照孤隙，始知空有塵。微風動眾竅，誰信我忘身？
一笑問兒子，與汝定何親。從我來海南，幽絕無四鄰。
耿耿如缺月，獨與長庚晨。此道固應爾，不當怨尤人。
（《蘇軾詩集》卷四一）

處窮而無所怨尤，故海南之行，譬若遠遊，奇峯飛泉，要皆佳善。心胸坦蕩，唯君子能之。東坡能於困窮處見妙境，尤屬可貴。

（二）玆遊奇絕

由於東坡心性曠達，處窮無怨，故隨緣自適，無入而不自得。有〈和陶九日閒居〉詩云：

九日獨何日，欣然愜平生。四時靡不佳，樂此古所名。
龍山憶孟子，栗里懷淵明。鮮鮮霜菊豔，溜溜糟牀聲。
閒居知令節，樂事滿餘齡。登高望雲海，醉覺三山傾。
長歌振履商，起舞帶索榮。坎坷識天意，淹留見人情。
但願飽秔稌，年年樂秋成。（《蘇軾詩集》卷四一）

紀昀曰：「收得平和而滿足」，〔註14〕趙克宜曰：「語絕淡，亦類陶」，〔註15〕全詩充滿欣悅情懷，「坎坷識天意，淹留見人情」，樂天曠達，隨緣去來，故處處佳妙！又〈庚辰歲正月十二日，天門冬酒熟〉，東坡自漉之，且漉且嘗，遂以大醉。作詩二首：

自撥牀頭一甕雲，幽人先已醉濃芬。
天門冬熟新年喜，麴米春香並舍聞。
菜圃漸疎花漠漠，竹扉斜掩雨紛紛。
擁衾睡覺知何處，吹面東風散縠紋。（其一）

載酒無人過子雲，年年家釀有奇芬。
醉鄉杳杳誰同夢，睡息齁齁得自聞。
口業向詩猶小小，眼花因酒尚紛紛。
點燈更試淮南語，汎溢東風有縠紋。（其二．《蘇軾詩集》卷四三）

載酒堂，乃儋人黎氏兄弟所居，有大池，水木幽茂。東坡曾多次造訪，並且極爲讚賞，有詩云：

城東兩黎子，室邇人自遠。
呼我釣其池，人魚兩忘反。（〈和陶田舍始春懷古〉二首之一）

此宅居，據東坡描述，乃：

臨池作虛堂，雨急瓦聲新。客來有美載，果熟多幽欣。

〔註14〕同註9，頁787。
〔註15〕同註10，頁1557。

丹荔破玉膚，黃柑溢芳津。(同上其二，《蘇軾詩集》卷四一)

如此佳境，使東坡興起：

借我三畝地，結茅爲子鄰。

鴃舌倘可學，化爲黎母民。(同上)

餘生欲老海南村。(〈澄邁驛通潮閣二首〉之二)

等念頭。故聞命獲赦之際，反而對瓊州依戀不捨：

我本海南民，寄生西蜀州。忽然跨海去，譬如事遠遊。

平生生死夢？三者無劣優。知君不再見，欲去且少留。

(〈別海南黎民表〉，《蘇軾詩集》卷四三)

更有詠「儋耳」詩云：

霹靂收威暮雨開，獨憑闌檻倚崔嵬。

垂天雌霓雲端下，快意雄風海上來。

野老已歌豐歲語，除書欲放逐臣回。

殘年飽飯東坡老，一壑能專萬事灰。(《蘇軾詩集》卷四三)

晉陸雲曰：「古之逸民，輕天下，細萬物，而欲專一丘之懽，擅一壑之美。」(〈逸民賦序〉，《合註》引)，則東坡平息萬念，隨緣去來，居此三載，恬然自適，已無欲無求：

瘴霧三年恬不怪，反畏北風生體疥。

朝來縮頸似寒鴉，焰火生薪聊一快。

紅波翻屋春風起，先生默坐春風裏。

浮空眼纈散雲霞，無數心花發桃李。

翛然獨覺午窗明，欲覺猶聞醉鼾聲。

回首向來蕭瑟處，也無風雨也無晴。

(〈獨覺〉，《蘇軾詩集》卷四一)

不怪瘴霧，反畏北風。詩中兩用「春風」一詞，心情暢適可知。末二句乃「回首向來蕭瑟處，歸去，也無風雨也無晴」(〈定風坡詞〉，《東坡樂府箋》卷二)之清曠心境。渡海之日，有詩云：

九死南荒吾不恨，茲遊奇絕冠平生。(〈六月二十日夜渡海〉，《蘇軾詩集》，卷四三)

瓊州三載，百須皆無，居蠻塢獠洞，食芋飲水，出入蠻黎郊野。海南風俗，以巫爲醫，以牛爲藥，落後之狀，殆非人居，然東坡安之若素，既不怨天，亦不尤人。委命造物，樂天曠達，以不歸爲歸，故不爲形軀所拘，浩落隨緣，逆境不以爲苦，所至皆有喜樂，故能一念清淨，照性養身。安禪樂道，與曠達隨緣，皆東坡不畏瘴霧、安然北歸之內在因素。窮其一生，人無賢愚，皆得其歡心，非偶然也。

第四節　蚤謀二頃田

一、歸耕意念之由來

（一）早期東坡

仁宗嘉祐二年，東坡登進士第。而母親成國夫人卒。遂與弟轍歸蜀丁母憂。嘉祐四年，與父親蘇洵，再度出峽入京。旅途間，見群山之槎枒變態，江水之悠忽驚奔，旋興「生命無常」之歎：

> 山前江水流浩浩，山上蒼蒼松柏老。
> 舟中行客去紛紛，古今換易如秋草。……
> 世間生死如朝暮，學仙度世豈無人？（〈留題仙都觀〉，《蘇軾詩集》卷一）

後因「夜泊牛口」見深山蠻子，負薪煮蔬，甘於簡陋生活，猶能安樂自足。遂對即將前去迎接之功名富貴，產生懷疑：

> 日落紅霧生，繫舟宿牛口。居民偶相聚，三四依古柳。
> 負薪出深谷，見客喜且售。煮蔬爲夜餐，安識肉與酒。
> 朔風吹茅屋，破壁見星斗。兒女自咿嚘，亦足樂且久。
> 人生本無事，苦爲世味誘。富貴耀吾前，貧賤獨難守。
> 誰知深山子，甘與麋鹿友。置身落蠻荒，生意不自陋。
> 今余獨何者，汲汲強奔走？（《蘇軾詩集》卷一）

可惜東坡，並未因此而放棄功名。待其出任外放，每受當政者排擠，見新法擾民，又無法力挽狂瀾，受挫日深，漸生悔意：

> 草長江南鶯亂飛，年年事事與心違。……世上功名何日是，樽前點檢幾人非。（〈常潤道中，有懷錢塘寄述古五首〉之二，《蘇

軾詩集》，卷一一）

回首西湖眞一夢，灰心霜鬢更休論。（〈寄呂穆仲寺丞〉，《蘇軾詩集》卷一三）

誰使愛官輕去國，此身無計老漁樵。（〈題寶雞縣斯飛閣〉，《蘇軾詩集》卷四）

嗟我獨何求？萬里涉江浦，居貧豈無食，自不安畎畝。（〈秋懷二首〉之二，《蘇軾詩集》卷八）

隱退歸耕之語，遂屢見於詩：

倦遊行老矣，舊隱賦歸哉。（〈出城送客，不及，步至溪上二首〉之二，《蘇軾詩集》卷一三）

人間歧路知多少？試向桑田問耦耕。（〈新城道中二首〉之二，《蘇軾詩集》卷九）

歲月如宿昔，人事幾反覆…歸耕何時決？田舍我已卜。（〈罷徐州往南京，馬上走筆寄子由五首〉之四，《蘇軾詩集》，卷一八）

知其歸耕思想，由來已久。唯親自躬耕，卻在黃州時期。

（二）黃州東坡

烏臺詩案後，元豐三年至七年（四十五歲～四十九歲），東坡貶居黃州。《宋史》本傳云其「與田父野老相從溪山間，築室於東坡，自號東坡居士」。自謂「得罪以來，深自閉塞，扁舟草履，放浪山水間，與樵漁雜處，往往爲醉人所推罵，輒自喜漸不爲人識（〈答李端叔書〉，《蘇東坡全集．前集》卷二九）。後得好友馬夢得之助，得郡中故營地數十畝。〈東坡八首〉敘曰：

余至黃州二年，日以困匱。故人馬正卿哀余乏食，爲於郡中請故營地數十畝，使得躬耕其中。地既久荒爲茨棘瓦礫之場，而歲又大旱，墾闢之勞，筋力殆盡，釋耒而歎，乃作是詩，自愍其勤，庶幾來歲之入，以忘其勞焉。」（《蘇軾詩集》卷二一）

當其時，雖辛苦備嘗，然亦深體躬耕之樂，自道：

種稻清明前，樂事我能數。毛空暗春澤，針水聞好語。分秧及初夏，漸喜風葉舉。月明看露上，一一珠垂縷。秋來霜穗重，顛倒相撐拄。但聞畦隴間，蚱蜢如風雨。新舂便入甑，玉粒照筐筥。我久食官倉，紅腐等泥土。行當知此味，口腹吾已許。（〈東坡八首〉之五）

又勸子由：

時哉歸去來，共抱東坡耒。（〈聞子由為郡僚所捃恐當去官〉，《蘇軾詩集》卷二二）

又〈次韻孔毅父久旱已而甚雨三首〉之二曰：

去年東坡拾瓦礫，自重黃桑三百尺，今年刈草蓋雪堂。日炙風吹面如墨，平生懶惰今始悔，老大勸農天所直。（《蘇軾詩集》卷二一）

則東坡遯世躬耕之念，由來已久。唯黃州東坡一段經歷，與退隱歸田之意念，旋因元祐回朝，拋離殆盡。

（三）惠州東坡

紹聖元年（1094 年），東坡五十九歲。以掌兩制時論奏「語涉譏訕」落職英州，再貶惠州。一夕之間身價暴跌。詩云：

七千里外二毛人，十八灘頭一葉身。
山憶喜歡勞遠夢，地名惶恐泣孤臣。（〈八月七日初入贛過惶恐灘〉，《蘇軾詩集》卷三八）

自傷零落，又思歸鄉之路漸遙（喜歡，乃蜀地山名），忍不住涕淚縱橫：

萬里飄蓬未得歸，目斷滄浪泪如洗。（〈清遠舟中寄懷賈耘老〉，《蘇軾詩集》卷四七，補編。《蘇詩補註》合註本，載卷三八）

鄉路愈遙，思念愈切：

此生歸路愈茫然，無數青山水拍天。（〈慈湖夾阻風〉，《蘇軾詩集》卷三七）

岷峨家萬里，投老得歸無？（〈望湖亭〉，同上卷三八）

我老念江海，不飲空咨嗟。

劉郎歸何日？紅桃爍殘霞。

明年花開時，舉酒望三巴。(〈三月二十日多葉杏盛開〉，《蘇試詩集》卷三七)

思念愈切，則「棄官歸田」之念，又興：

萬里雲山一破裘，杖端閒挂百錢游。五車書已留兒讀，二頃田應爲鶴謀；水底笙歌蛙兩部，山中奴婢橘千頭。幅巾我欲相隨去，海上何人識故侯。(〈贈王子直秀才〉，《蘇軾詩集》卷三九)

此雖爲贈王子直之作，以其「欲相隨去」，故得知東坡，實願以此爲遯世歸隱「藍圖」。惠州詩亦常透露這份心願：

此樂眞不朽，明年我歸耘。(〈丙子重九〉，《蘇軾詩集》卷四〇)

南窻可寄傲，北山早歸穫，此語君勿疑，老彭跨商周。(〈正輔既見和復次前韻慰鼓盆勸學佛〉，《蘇軾詩集》卷三九)

後以北歸無望，乃於歸善縣後，買隙地數畝，即古白鶴觀，〔註16〕卜築其上。新居成，有詩云：

已買白鶴峯，規作終老計。(〈遷居〉，《蘇軾詩集》卷四〇)

原作棄官歸田於惠之意，又因再度流離海外，成爲泡影。故居瓊之日，每念及此，不無憾恨。故時時作「遯世歸耕」語，願能早日了此心願也。

二、關園以自寬

（一）傾慕田園之樂

東坡居瓊州，以遯世之夢難圓（指長居白鶴觀）。心中羨慕歸耕之意願愈強烈：例如〈糴米〉詩云：

糴米買束薪，百物資之市，不緣耕樵得，飽食殊少味。再拜請邦君，願受一廛地。知非笑昨夢，食力免內愧，春秧

〔註16〕〈和陶移居詩并引〉：「去歲三月，自水東嘉祐寺，遷居合江樓，迄今一年，多病鮮歡，頗懷水東之樂。得歸善縣後隙地數畝，父老云：此古白鶴觀也。意欣然，欲居之，乃和此詩」，見《蘇軾詩集》卷四〇。

幾時花，夏稗忽已穟。悵焉撫耒耜，誰復識此意。(《蘇軾詩集》卷四一)

唯有勞力換得之米糧日用，方能受之安然，享之無愧。有黃州東坡躬耕之經歷，更體會個中苦樂。而今若能得一廛地，自屬佳妙！只因身為罪官，恐不易了償心願。其〈和陶田舍始春懷古二首〉之一：

退居有成言，垂老竟未踐。何曾淵明歸，屢作敬通免。休閒等一味，妄想生愧靦。聊將自知明，稍積在家善。(《蘇軾詩集》卷四一)

對淵明早歸田園，不受塵世牽累，每有追隨之心，至今垂垂老矣！猶流離荒島，不能無愧。又〈和陶西田穫早稻〉：

蓬頭三獠奴，誰謂愿且端。晨興灑掃罷，飽食不自安。願治此圃畦，少資主游觀。晝功不自覺，夜氣乃潛還，早韭欲爭春，晚菘先破寒。人間無正味，美好出艱難。蚤知農圃樂，豈有非意干。尚恨不持鋤，未免騂我顏。此心苟未降，何適不間關？休去復歇去，菜食何所歎！(同上，卷四二)

對獠奴能有園圃之樂，羨慕不已。自省「此心苟未降，何適不間關？」老境窘迫，全由自招，而今萬緣盡放，有園可耕，有菜可食，已屬萬幸，詩云「蚤知農圃樂，豈有非意干。尚恨不持鋤，未免騂我顏。」道盡此番心情。又儋人黎子雲兄弟居城東南，躬農圃之勞。東坡往造其居，輒思「借我三畝地，結茅為子鄰。」(〈和陶始春懷古二首〉之二)蓋以其能躬耕自適，又頗具文人資質之故(《柳子厚文集》，即自黎子雲家所得，後與《陶淵明集》成為東坡南遷二友)。再有一回「遊城南謝氏廢園」，有詩云：

喬木卷蒼藤，浩浩崩雲積。謝家堂前燕，對語悲宿昔。仰看桄榔樹，玄鶴舞長翮。新年結荔子，主人黃壤隔。溪陰宜館我，稍省薪水役。相如賣車騎，五畝亦可易。但恐鵩鳥來，此生還蕩析。誰能插籬槿，護此殘竹柏。(〈和陶使都經錢谿〉，《蘇軾詩集》卷四二)

觀此廢園，環境清幽，惜主人已故，已成廢棄之地，燕鳴啾啾，似悲宿昔。然東坡心興一念：「溪陰宜館我！」購得五畝，規以園圃，此爲最佳處所。計畫雖善，奈何身爲罪官，朝命不時可至，苟如惠州白鶴觀居，方落成，便又流放到此，則蕩析命運，猶不知淪落何處？「誰能插籬槿，護此殘竹柏！」其暗傷身世，無可依怙，更問「孰能了我歸耕意願，養此殘年之軀也？」感慨不可謂不深。

（二）遯世藍圖

東坡居城南桄榔菴，牆外東北隅有「宥老楮」一株，見其佔地太廣，何不斸而得薪，規地闢圃！有詩云：

> 我牆東北隅，張王維老穀。樹先樗櫟大，葉等桑柘沃。流膏馬乳漲，墮子楊梅熟。胡爲尋丈地，養此不材木。斸之得輿薪，規以種松菊。（《蘇軾詩集》卷四二）

後以此樹，長有樹雞（木耳類），又似非全無用處，遂罷此念：

> 靜言求其用，略數得五六。膚爲蔡侯紙，子入桐君錄。黃繒練成素，黝面頮作玉。灌灑烝生菌，腐餘光吐燭。雖無傲霜節，幸免狂酲毒，孤根信微陋，生理有倚伏。投斧爲賦詩，德怨聊相贖。（同上）

雖罷斸老宥，然園仍須闢，地可稍減數丈。於是與兒子過：

> 聚糞西垣下，鑿井東垣隈。（〈和陶下潠田舍穫〉，《蘇軾詩集》卷四二）

> 手栽蘭與菊，侑我清宴終。擷芳眼已明，飲酒腹尚沖。草去土自墳，井深牆愈隆。勿笑一畝園，蟻垤齊衡嵩。（〈和陶戴主簿〉，《蘇軾詩集》卷四二）

則此園，不僅爲生活所需而闢，更種菊栽蘭，陶冶情性。東坡〈記海南菊〉曰：

> 菊黃中之色香味和正花葉根實，皆長生藥也。北方隨秋之早晚，大略至菊有黃花乃開。獨嶺南不然，至冬乃盛發。嶺南地暖，百卉造作無時，而菊獨後開。考其理：菊性介烈，不與百卉並盛衰。須霜降乃發，而嶺南常以冬至微霜

故也。其天資高潔如此，宜其通仙靈也。吾在海南藝菊九畹，以十一月望，與客汎菊作重九，書此爲記。(《蘇文忠公居儋錄》，雜著類)

觀此記，知東坡闢園，非僅爲生活所需，更兼以陶冶情性。蘭、菊，君子也，東坡何獨不然。其藝菊九畹，讚其天資高潔，通仙靈。而「晉陶淵明獨愛菊」(周敦頤〈愛蓮說〉)，詩云「擷芳眼已明，飲酒腹尚冲。」，東坡之於淵明，又深契其志也。茲以〈歸去來集字十首〉觀東坡遯世歸耕之理想境界：

命駕欲何向，欣欣春木榮。世人無往復，鄉老有將迎。雲內流泉遠，風前飛鳥輕。相攜就衡宇，酌酒話交情。(其一，《蘇軾詩集》卷四三)

王文誥案：「氣味醇茂之甚，所謂外枯中腴者是矣。」

涉世恨形役，告休成老夫。良欣就歸路。不復向迷途。去去徑猶菊，行行田欲蕪。情親有還往，清酒引樽壺。(其二)

王文誥案：「前四句，渾然無跡，深得『歸去來』意。」

與世不相入，膝琴聊自歡。風光歸笑傲，雲物寄游觀。言話審無倦，心懷良獨安。東皐清有趣，植杖日盤桓。(其三)

雲岫不知遠，巾車行復前。僕夫尋老木，童子引清泉。矯首獨傲世，委心還樂天。農失告春事，扶老向良田。(其四)

世事非吾事，駕言歸路尋。向時迷有命，今日悟無心。庭內菊歸酒，窗前風入琴。寓形知已老，猶未倦登臨。(其五)

富貴良非願，鄉關歸去休。攜琴已尋壑，載酒復經丘。翳翳景將入，涓涓泉欲流。老農人不樂，我獨與之游。(其六)

觴酒命童僕，言歸無復留。輕車尋絕壑，孤棹入清流。乘化欲安命，息交還絕游。琴書樂三徑，老矣亦何求。(其七)

李太白〈尋陽紫極宮感秋作〉云：「陶令歸去來，田家酒應熟。」眞有此風味(王文誥引)。

歸去復歸去，帝鄉安可期。鳥還知已倦，雲出欲何之。入室還攜幼，臨流亦賦詩，春風吹獨往，不是傲親知。(其八)

王文誥案：「信筆出之，純是淵明本色。」又以「鳥還知已倦，雲出欲何之」二句爲尤勝。謂其「置陶集中，不可辨矣。豈尚有刻劃之迹哉」。

役役倦人事，來歸車載奔。征夫問前路，稚子候衡門。入息亦詩策，出游常酒樽。交親書已絕，雲壑自相存。（其九）

寄傲疑今是，求榮感昨非，聊欣樽有酒，不恨室無衣。丘壑世情遠，田園生事微。柯庭還獨眄，時有鳥歸飛。（其十）

觀詩所云，境界恬淡閒適。蓋「字字輳泊，斷非集字」（王文誥案語），舉王文誥所言數端，要以見其風味與淵明相似之處。且云東坡集字，「本欲借淵明自道，及詩成，皆如代淵明語。公亦不自覺其然也。」知東坡致力於斯久矣！此集字詩序曰：「予喜讀淵明〈歸去來辭〉，因集其字爲十詩，令兒曹誦之。號〈歸去來集字〉云。」嘗有詩寄子由曰：

君歸定何日？我計久已熟。（〈借前韻賀子由生第四孫斗老〉，《蘇軾詩集》卷四二）

又勸子孫：

蚤謀二頃田，莫待八州督。（同上）

則東坡〈歸去來集字十首〉，有其深意：願子孫讀此十詩，體悟老人之心志也。

第五節　長留五車書

一、家學淵源

東坡瓊州詩中，詩筆傳家思想，首當推源於家學：

（紹聖四年）七月十三日，東坡至儋州十餘日，夜夢童年往事，有詩云：

夜夢嬉遊童子如，父師檢責驚走書。
計功當畢春秋餘，今乃粗及桓莊初。
怛然悸寤心不舒，起坐有如挂鉤魚。

我生紛紛嬰百緣，氣固多習獨此偏。
棄書事君四十年，仕不顧留書繞纏。
自視汝與丘孰賢，易韋三絕丘猶然。
如我當以犀革編。(〈夜夢〉,《蘇軾詩集》卷四一)

子由嘗曰：

公之於文，得之於天。少與轍皆師先君，初好賈誼、陸贄書，論古今治亂，不爲空言。既而讀莊子喟然歎息曰：「吾昔有見於中，口未能言，今見莊子得吾心矣」。乃出《中庸論》，其言微妙皆古人所未喻。嘗謂轍曰：「吾視今世學者，獨子可與我上下耳」，既而謫居於黃，杜門深居，馳騁翰墨，其文一變，如川之方至，而轍瞠然不能及矣。……先君晚歲讀《易》，玩其爻象，得其剛柔遠近，喜怒逆順之情，以觀其詞，皆迎刄而解。作《易》傳未完疾革，命公述其志，公泣受命，卒以成書。然後千載之有微詞，煥然可知也。復作《論語說》，時發孔子之秘。最後居海南作《書傳》，推明上古之絕學，多先儒所未達。既成三書，撫之曰：「今世要未能信，後有君子當知我矣。」至其遇事所爲詩騷銘記，書檄論譔，率皆過人。(〈墓誌銘〉)

足見東坡一生創作與父蘇洵多有牽涉。故〈夜夢詩〉云：「我生紛紛嬰百緣，氣固多習獨此偏。」雖一生屢招禍患，猶不忘讀書創作，此乃習氣所牽。今雖困迫孤島，猶願立千秋盛業，故有「仕不顧留書繞纏」之句，期能承父遺志竟其全功，以無忝所生。

元符二年清明日，聞過子誦書聲節閑美，感念少時，悵焉追懷先君宮師之遺志，且念淮、德二幼孫，有詩云：

孺子卷書坐，誦詩如鼓琴。却去四十年，玉顏如汝今。
閉户未嘗出，出爲鄰里欽。家世事酌古，百史手自斟。
當年二老人，喜我作此音。淮德入我夢，角羈未勝簪。
孺子笑問我，君何念之深。(《蘇軾詩集》卷四二)

從東坡自述中，不難得知，幼年時期之勤於誦詩、讀史(閉户未嘗出)，皆出於家世。據《蘇氏族譜》云：

蘇氏之先，出於高陽。歷陶唐、夏、商而至周，有忿生爲司寇，能平刑以教百姓，周公稱之，蓋書所謂司寇蘇公者。漢朝功臣名蘇建，封五陵侯，七世孫蘇章，順帝時，曾任冀州太守，子孫遷於（欒城）趙郡。（參酌《嘉祐集》，族譜後錄上篇）

至唐有蘇味道，於曆聖初年，曾任鳳閣侍郎，後貶眉州刺史，是爲東坡之遠祖。蘇洵云：

唐神堯初，長史蘇味道刺眉州，卒於官，一子留於眉，眉之有蘇氏自此始。至吾之高祖，其間世次皆不可紀。（《蘇氏族譜》）

又云：

高祖涇，則已不詳，自曾祖釿，則稍可紀。（《嘉祐集》，族譜後錄）

東坡五世祖涇，生平不詳。生子釿，東坡四世祖，以俠氣聞於鄉閭。釿生五子，以少子祜最賢，東坡高祖，以才幹精敏見稱。祜生五子，以四子杲爲好善，爲東坡曾祖。生子九人，惟序獨存，即東坡祖也。（參見〈族譜後錄〉）

蘇氏一族以詩文名世，當自序始。序晚歲好詩，敏捷立成，積數十年，得數千篇。上自朝廷郡邑之事，下至鄉閭子孫畋漁治生之意，皆見於詩。詩雖不工，然表裏洞達，有豁然英雄之天性才氣。東坡先祖多任俠好施，熱心爲善，序亦然。故東坡日後亦承有此遺傳氣質。

序生三子：澹、渙、洵。「澹、渙皆以文學舉進士」（參見《東坡紀年錄》），大開眉州仕宦之風。唯澹無意仕宦，後早卒。而渙官終於都官郎中提點刑獄，所至必治，有吏師之稱。渙少頴悟篤學，其勤至手抄《史記》、《漢書》，亦善爲詩文。嘗以「讀書，師不煩少。爲文，日不中程不止。出外，中規矩，無惰容」教勉軾、轍二姪。（參見蘇轍〈伯父墓表〉、東坡〈蘇廷評行狀〉）

東坡父洵，字明允，以東坡稱其墓爲老泉，故後世以老泉爲其號。洵少不喜學。年二十五，始發憤讀書。從士君子遊。舉進士，又舉茂才，皆不中，乃盡燒曩時所爲詩文，取論孟韓及其他聖賢之文讀之。七八年間，乃大究六經百家之書（《嘉祐集》卷一一，〈上歐陽內翰第一書〉）。仁宗至和二年至成都，益州張方平以國士相推許，盛稱其文，至比爲司馬子長。嘉祐元年，率軾、轍至京師，兄弟舉進士，皆高等。一時公卿士夫爭求其文，有名於時。洵爲人聰明辯智過人，氣和色溫，木訥剛靜，其文多得力於史書及先秦諸子，故好爲策謀，善於論事析理。「以所學授之軾、轍，庶幾能明其學。」（蘇轍《欒城後集》卷一二，〈潁濱遺老傳上〉），故東坡詩文，承自庭訓者甚多。

其母程氏，大理寺丞程文應之女，明識過人，志節凛然，好通古今，知其治亂得失之故（《嘉祐集》卷一一，〈上張侍郎書〉）。坡生十歲，老蘇宦學四方，程氏親授以書，聞古今成敗，輒能語其要。嘗讀東漢史至〈范滂傳〉，慨然太息。東坡曰：「軾若爲滂，夫人許之否乎」？程氏曰：「汝能爲滂，吾顧不能爲滂母耶」？東坡遂奮厲有當世志（〈墓誌銘〉）。夫人教二子以學問，畏其無問，晝夜孜孜不倦。唯一心願乃欲二子「非官是好，要以文稱。」（蘇洵《嘉祐集》卷一四，〈祭亡妻文〉、〈極樂院造六菩薩記〉）東坡得母啓蒙教誨者亦甚多。則東坡所云「家世事酌古，百史手自斟。」蓋實錄也。由於家教如此，東坡宿習於詩書百史，遂有立春秋盛業之志。

二、詩筆傳家

元符二年，〈過子於海舶得邁寄書酒作詩遠和之，皆粲然可觀，子由有詩相慶。因用其韻賦一篇，併寄諸子姪〉曰：

> 我似老牛鞭不動，雨滑泥深四蹄重。汝如黃犢走却來，海闊山高百程送。庶幾門户有八慈，不恨居鄰無二仲，他年汝曹笏滿牀。中夜起舞踏破甕。會當洗眼看騰躍，莫指癡腹笑空洞。譽兒雖是兩翁癖，積德已自三世種。豈惟萬一許生還，尚恐九十煩珍從。六子晨耕簞瓢出。眾婦夜績燈

火共。春秋古史乃家法，詩筆離騷亦時用，但令文字還照世，糞土腐餘安足夢。(《蘇軾詩集》卷四二)

詩中自謂老境難堪，喜見兒孫皆孝慈賢明，有無限滿足。雖然「他年汝曹」或能「笏滿牀」，然而富貴功名，實不足恃！莫作此俗間妄想狂計可也。有幸得歸還，則男耕女織，著述爲樂，亦可終殘年矣。何況「春秋古史乃家法」，文字可以照世流傳千古。則功名宦達不値顧惜，兒孫亦可詩筆自用，永傳家業。子由原詩有：

茅次一日敢忘葺，桑柘十年須勉種。
來時邂逅得相攜，歸去逡巡應復從。
莫驚憂患爾來同，久知出處平生共。
雖令子孫治家學，休炫文章供世用。(《欒城詩集》卷二)

等語。兄弟二人視「春秋古史」爲家法，且欲兒孫紹述其志之意念皆同，唯子由以含蓄溫厚之語道出，東坡則直指明說。蓋自期既高，又願子孫共勉也。因此，子由生第四孫斗老時，東坡有詩云：

無官一身輕，有子萬事足……
君歸定何日？我計久已熟。
長留五車書，要使九子讀。
簞瓢有內樂，軒冕無流矚。(《蘇軾詩集》卷四二)

恰可與此相印證。東坡自註：「吾與子由共九男孫矣。」歸隱後除躬耕自給外，留書與子孫，以詩筆傳家，立名山之業，平凡淡泊，自有簞瓢之樂。富貴功名，糞土腐餘耳！

此爲東坡歷經百患，窮迫半生後，唯一尙能安慰自我者，難怪「詩筆離騷亦時用」。與子由兄弟二人，處蠻瘴之地，猶時時互勉，以著書爲樂！甚而餘皆可罷去，而「獨猶喜爲詩」(和陶詩引)，此亦平生宿習，與千秋志業，皆不可去。

兄弟二人，勤於讀書創作，於東坡詩中，堪見其詳。其道子由著書情狀：

白髮蒼顏自照盆，董生端合是前身。
獨棲高閣多詞客，爲著新書未絕麟。(〈東樓・次韻子由三首〉

之二，《蘇軾詩集》卷四一）

乃以董仲舒比子由。「爲著新書未絕麟」，指當時子由方著《春秋傳》而未成故云爾（合《潁濱遺老傳》考之可見，引查愼行《蘇詩補註》）。

又自寫：

結髮事文史，俯仰六十踰。

老馬不耐放，長鳴思服輿。

故知根塵在，未免病藥俱。（〈和陶羊長史〉，《蘇軾詩集》卷四一）

當其時，得鄭嘉會靖老書，欲以海舶書千餘卷見借，故心懷感激，有「此中枯寂，殆非人世，然居之甚安，況諸史滿前，甚可與語也。」等語。（〈與鄭嘉會書〉，《蘇東坡全集・續集》卷七）故詩中又云：

念君千里足，歷塊猶踟躕。

好學眞伯業，比肩可相如。

此書已久熟，救我今荒蕪。

顧慚桑榆迫，豈厭詩書娛。（「豈」，一作「久」）

秦病賦未能，草玄老更疎。

猶當距楊墨，稍欲懲荊舒。（同上）

東坡得靖老惠書二次，其後有書云：

《志林》竟未成，但草得《書傳》十三卷，甚賴公兩借書籍檢閱也。（〈與鄭靖老書〉）

以桑榆殘景，尚著書不倦，有「距楊墨」、「懲荊舒」之語，知東坡向有傳經之志：

餘齡難把玩，妙解寄筆端。常恐抱永歎，不及丘明遷。

親友復勸我，放心餞華顚。虛名非我有，至味知誰餐。

思我無所思，安能觀諸緣。已矣復何歎，舊說易兩篇。

（〈和陶雜詩十一首〉之九，《蘇軾詩集》卷四一）

居瓊之日，東坡萬緣皆放，不怨天，不尤人，禍福付造物，原可淡然無所思，然「常恐抱永歎，不及丘明遷」與「怛然悸寤心不舒，起坐有如挂鉤魚」之不安情緒，似猶不能免，殆「君子疾其沒而名不稱焉」也（《論語・衛靈公篇》），而「餘齡難把玩」，每念及「萬事如花不可期，餘年似酒那禁瀉」，〔註 17〕心中不免戚然。稍可寬慰者，已有《易傳》兩篇，或可無歎！（東坡作《易傳》事，參見子由〈東坡墓誌銘〉，前已引述）

東坡少有大志，常以實踐孔孟之道矢志。更以「丈夫重出處，不退要當前」之語〔註 18〕與子由共勉。後雖屢招憂患，但許國心猶在，每謂「杜子美困厄中，一飯一食未嘗忘君」（〈與王定國書〉，《蘇東坡全集．續集》卷一一），「遇事可尊主澤民者，便忘軀爲之，禍福得失，付與造物」（〈與李公擇書〉，書同上，續集卷五），而今困迫窮窘於孤島，「致君堯舜」理想，殆已無法實現，退而求其次，有詩云：

> 萬事思量都是錯，不如還扣仲尼居。（〈過黎君郊居〉，《蘇軾詩集》卷四七補）

據《史記．孔子世家》云：

> 子曰：「弗乎！弗乎！君子疾其沒世而名不稱焉，吾道不行矣，吾何以自見於後世哉」，乃因史記作春秋。……以繩當世貶損之義。……春秋之義行，則天下亂臣賊子懼焉。（卷一七）

孔子「道不行，乖桴浮於海。」（《論語．公冶長篇》），不怨天，不尤人，然獨病「名不稱」於後世，故刪詩書、訂禮樂、作春秋以傳世。

> 東坡渡海登舟，謂子由曰：豈所謂道不行，乘桴浮於海者耶！（《蘇文忠公居儋錄》，言行）

則東坡傳經立說，以文字自見之心境，與孔子無異。

> 上天不難知，好惡與我一，方其未定間，人力破陰騭，小忍待其定，報應眞可必，季氏生而仁，觀過見其實，端如柳下惠，焉往不三黜。天有時而定，壽考未易畢，兒孫七男子，次第皆逢吉，遙知設羅門，獨掩懸罄室。回思十年事，無愧篋中筆，但願白髮兄，年年作生日。（〈子由生日〉，《蘇軾詩集》卷四二）

〔註 17〕借黃州詩〈定惠院寓居月夜偶出〉之句，見《蘇軾詩集》卷二○。
〔註 18〕〈和子由苦寒見寄〉，《蘇軾詩集》卷五○。

此詩爲東坡元符二年二月賀子由生日作。以樂天達觀及慶喜態度，寬慰子由不因一時困厄而判定得失。如今兒孫滿堂，次第逢吉，可喜可賀。加以十年勤於詩筆，成果已斐然，可無愧於心矣。兄弟二人一生努力著述，於此可知。此乃「家世事酌古，百史手自斟」之結果。

東坡鼓勵過子抄書、爲文。謫居瓊州，初至海上，蘇過爲文曰「志隱」，軾覽之曰：「吾可以安於島夷矣！因命作孔子弟子別傳。」（《斜川集》，附《宋史・蘇過傳》），更喜「過子詩似翁，我唱而輒酬，未知陶彭澤，頗有此樂不？」（〈和陶遊斜川〉，《蘇軾詩集》卷四二）故蘇過成就亦高。東坡與子由「長留五車書，要使九子讀」，及「春秋古史乃家法，詩筆離騷亦時用。」之「詩筆傳家」思想，昭然可見。有田二頃，有書五車，子孫同堂，簞瓢自有內樂，既無塵俗牽累，又可著書立言，了平生志業，眞所謂「但令文字還照世，糞土腐餘安足夢！」矣。

綜言之：瓊州詩表現東坡之思想層面甚廣，故其內涵境界，既想追隨淵明，上與神遊，下與貌合，又常安禪樂道，曠達隨緣。然於遯世歸耕，享田園樂趣之際，猶不忘要時用詩筆，稱名於世。推究原因，不外東坡，以桑榆末景，猶流離海外，心中不免淒涼。痛傷身世，無以自遣，乃投身佛道，以靜達養生，照性修心，期能寵辱偕忘，身心兩空，苦無由生矣。故能安命隨緣，自甘平淡，極願追隨淵明，隱逸躬耕。實則儒家「用之則行，舍之則藏」、「道不行，乘桴浮於海」之思想。本質上而言，東坡當屬儒家之忠實信徒，只因環境所牽，時不我予，方生退隱之念。但秉承孔子「富貴於我如浮雲」、「不忮不求」、「不怨天，不尤人」之思想精義，尊主澤民。將生死禍福，全付造化，故能曠達自適，坦蕩去來，無入而不自得，獨猶孜孜不倦於著述立說者，無非受「非官是好，要以文稱」之母教，及父親傳經遺志之影響。

> 曾子曰：「君子之所謂孝者，先意承志，喻父母以道。……故居處不莊，非孝也。事君不忠，非孝也。蒞官不敬，非孝也。朋友不信，非孝也。」（《大戴禮記・曾子大孝篇》）

東坡一生所行所事，庶幾無愧於天，不怍於人，已能無忝所生。然「大孝尊親，其次不辱！」，爲能顯榮父母，實該有所爲。如今道既不行，立功已無望，立德猶不敢！唯有文字，或可傳世，故兢兢業業，選擇立言爲終身志業，以期不朽於萬代，稱名於後世。東坡忠愛孝慈之完美人格，於瓊州詩中，展露無遺。

第五章　瓊州詩之形式特色

第一節　以意使事精當貼切

詩之用事，由來已久。劉勰《文心雕龍・事類篇》曰：

> 觀夫屈宋屬篇，號依詩人。雖引古事，而莫取舊辭。……及揚雄百官箴，頗酌於詩書。……至於崔班張蔡，遂捃摭經史，華實布濩，因書立功，皆後人之範式也。（第三十八）

到南北朝時期，用事於詩文者更盛。鍾嶸曰：「大明泰始中，文章殆同書抄。」（《詩品》，《歷代詩話》引），蓋其主張「屬詞此事，乃爲通談，吟詠情性，何貴用事？」（同上），以爲徵古用事，無益於詩，拘攣補衲，反爲害耳！但詩之用事，並非全不可取，除非刻意堆砌，予人飣餖隔膜之感。善於用典使事者，「常不使人覺，若胸臆語」（《顏氏家訓》），精妙明密，令人歎服。譬如唐代杜甫「渾涵汪茫，千彙萬狀，兼古今而有之」（《新唐書・杜甫傳・贊》），善陳時事，律切精深。其「但見文翁能化蜀，焉知李廣不封侯」、「今日朝廷須汲黯，中原將帥憶廉頗」等作，皆借古以明今，何患用事之多！（見《對牀夜話》）又如「使事取字，密切贍給，千絲鐵網，綺密瑰研」之韓昌黎（《唐才子傳》）爲詩，句句有來歷，而能務去陳言，且全在反用，如：〈醉贈張秘書詩〉，本用嵇紹鶴立雞群語，偏曰：「張籍學古淡，軒鶴避雞群」;〈送文暢詩〉，本用老杜「每秋夜中自足蝎」，偏云「照壁喜見蝎」;〈薦士詩〉，本用《漢書》「強弩之末，不能入魯縞」語，偏云「強箭射魯縞」;〈嶽廟詩〉，本用謝靈運「猿鳴誠知曙」句，偏云「猿鳴鐘動不知曙」;此等不可枚舉，學詩者深得此秘，則臭腐化爲神奇矣（參見《寒廳詩話》）。故「用事全在活活潑潑地，其妙俱從比興中流出」（《野鴻詩的》），要以不露痕跡爲高，一經刻劃評駁，則悶殺才人，喪盡風雅。

> 曹子建善用史，謝康樂善用經，杜少陵經史並用，但實事貴用之使活，熟語貴用之使新，語如己出，無斧鑿痕，斯不受古人束縛。（《說詩晬語》）

故善用事者，先富才學，取事方能精當。更須「屬意立文」意在筆先，方能「心與筆謀，才能盟主，學爲輔佐。主佐合德，文采必霸」（《文心雕龍·事類》第三十八），否則才學褊狹，又有意逞博，翻書抽帙，活剝生吞，搜新炫奇，終歲紛紛，徒見跼蹐。（參見《一瓢詩話》）

東坡典贍文史，才思敏銳，曾論作文之法：

> 天下之事，散在經子史中，不可徒得，必得一物以攝之，然後爲己用，所謂一物者，意是也。（葛立方《韻語陽秋》卷三）

此說與劉勰「屬意立文」論點相契，故用之於詩文，東坡輒能以情義爲主，以事類爲輔，使事用典，操縱於心，當有故事赴於筆下，必然精當貼切。瓊州詩用事之例特多（或一句或兩句，乃至句句皆用。有百分之八十以上詩篇，可見用事之例），但多能貼切精當，乃至不露鑿痕，如臆中流出者。茲以〈海南人不作寒食而以上巳上冢，予携一瓢酒尋諸生，皆出矣，獨老符秀才在，因與飲酒至醉，符蓋儋人之安貧守靜者也〉一首爲例：

> 老鴉銜肉紙飛灰，萬里家山安在哉？
> 蒼耳林中太白過，鹿門山下德公回。——頷聯
> 管寧投老終歸去，王式當年本不來。——頸聯
> 記取城南上巳日，木棉花落刺桐開。（《蘇軾詩集》卷四二）

此乃一首七言律詩，中間二聯全用事。首句，寫海南人上冢，次句言

自身之流寓。頷聯上句，用「李太白摘蒼耳詩」事。其引言曰：

> 尋魯城北范居士，失道落蒼耳林中，見范置酒摘蒼耳作。（《李太白全集》卷二〇）

下句則用龐德公事：

> 司馬德操嘗詣龐德公，值其渡河上先人墓。須臾德公還，直入相就，不知何者是客也。德公後登鹿門採藥不反。（見《襄陽記》）

此二典，一以李白尋范居士失道自比「尋諸生，皆出矣」；一以「德公回」寫符老獨在與之暢飲至醉，故同時點題。范居士、龐德公，皆以採藥修道爲樂，顯見皆爲「安貧守靜」者，用以說符老，再貼切不過。

頸聯（或稱腹聯）上句，用漢管寧事：

> 管寧避難居遼東，文帝即位徵還郡。註云：寧在遼東積三十七年乃歸。（《三國志・魏志・管寧傳》）

下句用漢王式事：

> 王式詔除爲博士，既至，止舍中。會諸博士共持酒食勞式，江公心嫉式，謂歌吹諸生曰：歌驪駒云云。式恥之，讓諸生曰：我本不欲來，諸生強勸我，竟爲豎子所辱。遂謝病免歸。（《漢書・王式傳》）

此聯用以自寫，尤以「王式當年本不來」用得精當妙絕。蓋東坡一生受盛名所累，屢招忌害，今爲豎子所辱，良非願也。期能投老歸鄉，如管寧之獲詔。故於末聯，虛寫他年歸鄉後，追憶今日瓊島情景，當有無限懷念。

全篇結構緊嚴，更能掌握自我情感與題旨，擇取切當典故以爲用，僅短短八句，連用四典，然絲毫不見湊篇之虞，反能貼切妙合。

再如〈追和戊寅歲上元〉一首：（亦屬七律）

> 賓鴻社燕巧相違，白鶴峯頭白板扉。
> 石建方欣洗腧廁，姜龐不解歎蠨蛸。
> 一龕京口嗟春夢，萬炬錢塘憶夜歸。
> 合蒲賣珠無復有，當年笑我泣牛衣。（《蘇軾詩集》卷四三）

首聯「賓鴻社燕巧相違」，用月令來賓事：

孟春之月鴻雁來，仲春之月命民社元鳥至。鄭氏云：雁自南來，將北反其居。元鳥，燕也，燕以施生時來。(《禮記·月令》)

《淮南子》云「燕雁代飛」，即燕春分而來，雁春分而去；燕秋分而北，雁秋分而南也（引王註云）。古人嘗用此事者，如劉夢得〈秋江晚泊〉:「莫霞千萬狀，賓鴻次第飛」，顧況云「安得凌風翰，肅肅賓天京」，老杜「別浦雁賓秋」（參見《跫溪詩話》卷八）；下句「白鶴峯頭白板扉」，則白樂天「晝扉扃白板，夜碓擣黃粱」，及王維「雀乳青苔井，雞鳴白板扉」（〈田家詩〉）之巧用。

頷聯「石建方欣洗牏廁」，用漢〈石奮傳〉，引石建事：

萬石君家以孝謹聞，長子建爲郎中令，每五日洗沐歸謁親。入子舍竊問侍者，取親中裙廁牏身自澣洒。

借以言蘇過侍父「凡生理晝夜寒暑所須者，一身百爲，不知其難」(《宋史》本傳附〈蘇過傳〉云）之孝心。下句「姜龐不解歎蠨蛸」，用漢姜詩妻事：

廣漢姜詩妻，同郡龐盛之女也。詩事母至孝，妻奉順尤篤。(《後漢書·列女傳》)

過子婦亦篤孝，故用此以喻之。蠨蛸，又名蚍蛸，據《詩經·東山篇》所言，此物於家中無人時，常悽惻令人感思，是指婦人歎其夫不在，而居處寂寞之意。寫過子婦，恰如其情。

尾聯二句，用漢王章事：

（王）章疾病，無被，臥牛衣中，與妻決，涕泣。其妻呵怒之曰:「仲卿！京師尊貴在朝廷人誰踰仲卿者？今疾病困戹，不自激卬，乃反涕泣，何鄙也！」後章仕宦歷位，及爲京兆，欲上封事。妻又止之曰:「獨不念牛衣中涕泣時耶？」章曰:「非女子所知也。」書遂上……果（下獄）死。妻子皆徙合浦。……采珠致產數百萬。(《漢書·王章傳》)

寫「合浦賣珠無復有，當年笑我泣牛衣」，指其妻「同安君」已卒，故無復有同患難之伴侶。東坡自跋曰：

> 戊寅（元符元年）上元在儋耳，過子夜出（赴儋守召），余獨守舍作違字韻詩。今庚辰上元，已再期矣。家在惠州白鶴峯下，過子不眷婦子從余來此。其婦亦篤孝，悵焉感之。故和前篇有「石建」、「姜龐」之句，又復悼懷同安君，末章故復有「牛衣」之句，悲君亡而喜子存也。書以示過，看余面，無復感懷。

觀此自跋之語，知東坡使事用典，功力深厚，每能信手拈來，妥切精當。

　　除此二詩外，東坡用事之例尚多，分言如下：

一、融而不隔

　　《西清詩話》引杜甫語：「用典不著痕跡，猶如水中著鹽，飲水乃知鹽味。」又方東樹曰：「大家用事，若不知其用事者，此其妙也」（《昭昧詹言》卷一一）。東坡有巧妙用事，不落痕跡，融而不隔者，例如：〈和陶擬古九首〉之三：

> 客去室幽幽，鵩鳥來坐隅，引吭伸兩翅，太息意不舒。吾生如寄耳，何者爲吾廬，此去復何之，少安與汝居。夜中聞長嘯，月露荒榛蕪．無問亦無答，吉凶兩何如。（《蘇軾詩集》卷四一）

隨手拈來，只見自家底事，殊不知乃用賈誼〈鵩鳥賦〉事：

> 野鳥入處兮，主人將去，請問於服兮：予去何之？吉乎告我，凶言其災。（《史記．賈誼傳》）

只是東坡，更超脫一層，不問吉凶，無有憂慮，反而「少安與汝居」，因「吾生如寄耳！」，若淵明〈歸去來辭〉語：「曷不委心任去留，胡爲皇皇欲何之！」（施註引），故紀昀曰：「用得變化，更覺超妙。」〔註 1〕

〔註 1〕參見紀文達公評《蘇文忠公詩集》卷四二，頁 802。宏業書局，58 年 6 月版。

再如〈過於海舶得邁寄書酒作詩遠和之，皆粲然可觀，子由有書相慶也，因用其韻賦一篇，並寄諸子姪〉前半段：

> 我似老牛鞭不動，雨滑泥深四蹄重，汝如黃犢走却來，海闊山高百程送。庶幾門户有八慈，不恨居鄰無二仲，他年汝曹笏滿牀，中夜起舞踏破甕。會當洗眼看騰躍，莫指癡腹笑空洞。譽兒雖是兩翁癖，積德已自三世種。（《蘇軾詩集》卷四二）

寫自家子姪犢健如牛，賢孝可喜，自然流出語也。趙克宜道其「語意充實」、「絕不安排」，〔註 2〕實則前後用數典：「八慈」、「二仲」、「笏滿牀」、「踏破甕」、「腹空洞」、「譽兒癖」等。「八慈」引自《後漢書・荀氏家傳》，贊末云：「荀淑八子，皆以慈爲字」，並皆有名，時人稱爲八龍，東坡用以稱說自家子姪。又《三輔夾錄》云：「蔣詡竹下開三徑，唯與羊仲、求仲從遊，二仲皆挫志逃名。」（施註引），陶淵明與子儼等疏云：「但恨鄰靡二仲」，此處東坡云「不恨」是反用典，指諸子姪，皆富才氣，心意已足，故無憾恨。「笏滿牀」蓋引唐崔琳：「每歲時宴於家，以一榻置笏，猶重積其上」之事，形容功名無限，而「踏破甕」乃世傳小語：

> 有一貧士家惟一甕，夜則守之以寢。一夕，心自惟念，苟得富貴，當以錢若干蓄聲妓，而高車大蓋無不備置。往來於懷，不覺歡適起舞，遂踏破甕。故今俗間，指妄想狂計者，謂之甕算。（施註引）

蓋東坡勸說後輩，世俗名利，不足爲恃也。又晉〈周顗傳〉曰：「王導指其腹曰：卿此中何所有？答曰：此中空無物，然足容卿輩數百人。」（施註引），此則大度能容也。再者唐〈王勃傳〉曰：

> 王勃父福畤嘗誇諸子於韓思彥，思彥曰：武子有馬癖，君有譽兒癖，王家癖何多邪！使勃出其文。思彥曰：生子若是可誇也。（施註引）

〔註 2〕參見趙克宜《角山樓蘇詩評註彙鈔》卷二〇，總頁 1583。新興書局，56 年 9 月版。

則東坡諸子姪，誠可誇也。紀昀道此詩「語語警健」，〔註3〕知東坡用事切合至是，不見安排鬥湊之跡也。

另有一例，使人讀之有「事全爲東坡而設」之感，即和陶作品最後一首〈和陶始經曲阿〉：

> 虞人非其招，欲往畏簡書。穆生責醴酒，先見我不如。江左古弱國，強臣擅天衢。淵明墮詩酒，遂與功名疎。我生值良時，朱金義當紆。天命適如此，幸收廢棄餘。獨有愧此翁（指淵明），大名難久居。不思犧牛龜，兼取熊掌魚。北郊有大賚，南冠解囚拘。眷言羅浮下，白鶴返故廬。（《蘇軾詩集》卷四三）

此詩乃東坡聞赦後所作。首言，聞命北歸，殊不敢置信，若〈量移廉州謝表〉所云「使命遠臨，初聞喪胆」（《經進東坡文集事略》卷二六），再細細回顧此生禍福之所由來，慶喜否極泰來，終得返白鶴故居與親人重聚。全篇亦一氣呵成，道其自家底事。然細究所用詞語，竟各具出處：

《孟子》：「以大夫之旌招虞人，虞人雖死不敢往」。

《毛詩》：「豈不懷歸，畏此簡書」。（虞人……畏簡書句）

《漢書・楚元王傳》：穆生曰：「醴酒不設，王之意怠不去，楚人將鉗我於市」。（穆生責澧酒）

《揚子》：「使我紆朱懷金，其樂不可量也。」（朱金義當紆）

《史記・越世家》：「范蠡以爲大名之下，難以久居。」（大名難久居）

《莊子・列御寇篇》：「子見夫犧牛乎？衿以文繡，食以芻菽，及其牽而入於太廟，雖欲爲孤犢，其可得乎？」

又〈外物篇〉：「神龜能見夢於元君，而不避余且之網。知能七十二鑽而無遺筴，不能避刳腸之患」。（不思犧牛龜）

《孟子》：「魚，我所欲也，熊掌亦我所欲也，二者不可得兼，舍

〔註3〕見同上，頁1582。

魚而取熊掌者也。」（兼取熊掌魚）

《尚書》:「周有大賚，善人是富。」（北郊有大賚）

《左傳》:「成公九年，晉景公見鍾儀而問曰:『南冠而繫者誰也？』有司曰：『鄭人所獻楚囚也。』」（南冠解囚拘）〔註4〕

文人用故事，有直用其事，有反其意而用之者，東坡要皆能之，此詩巧構如此，直教人歎服。

二、引事連類

所謂引事連類，是指引用典故，皆與某一主題有關，左抽右旋，要皆不離其類之意。

如〈和陶答龐參軍・三送張中〉有云：

使君本學武，少誦十三篇。頗能口擊賊，戈戟亦森然。才智誰不如，功名歎無緣。獨來向我説，憤懣當奚宣。一見勝百聞，往鏖皐蘭山。白衣挾三矢，趁此征遼年。（《蘇軾詩集》卷四二）

因張中身爲昌化軍使，必當精通武學，故東坡送此贈別詩，全與此有關涉：

十三篇：指〈孫武傳〉:「以兵法見闔閭，闔閭曰：子之十三篇，吾盡觀之矣，可以小試勒兵乎？」言其精讀兵法。（《史記》）

口擊賊：指晉朱伺:「諸君以舌擊賊，伺惟以力耳！」（《晉書》）。

一見百聞：指漢趙充國：「百聞不如一見，兵難隃度，願馳至金城圖上方略。」（《漢書》）

鏖皐蘭下：指漢霍去病：「合短兵鏖皐蘭下」。（《漢書》）

白衣三矢：指唐薛仁貴：「天子征遼，仁貴著白衣自標顯，所向披靡。後與九姓眾戰，發三矢輒殺三人。」（《唐書》）

此種表現手法，於〈贈李兕彥威秀才〉詩，更加明顯。由於篇幅頗長，

〔註 4〕以上所引，皆見《蘇詩施註・和陶卷》，卷四一，頁 39～40。全稱爲《增補足本施顧註蘇詩》，鄭騫、嚴一萍先生編校，藝文印書館，69 年 5 月版。

僅錄全詩於下，不再加以說明：

> 魏王大瓠實五石，種成濩落將安適。可憐公子持十牛，海上三年竟何得。先生少負不羈才，從車數到單于臺。天山直欲三箭取，白衣將軍何人哉？夜逢怪石曾飲羽，戲中戟枝何足數。誓將馬革裹屍還，肯學班超苦兒女。封侯衛霍知幾許，老矣先生困羈旅。酒酣聊復說平生，結襪猶堪一再鼓。棄書捐劍學萬人，紈袴儒冠皆誤身。窮途政似不龜手，與世羞爲西子顰。如今惟有談天口，雲夢胸中吞八九。世間萬事寄黃粱，且與先生說烏有。(《蘇軾詩集》卷四三)

綜觀全篇，幾乎句句用典，最後方點明題旨，頗具漢人作賦之筆勢。

再如〈眞一酒歌〉其詞曰：

> 空中細莖插天芒，不生沮澤生陵岡。涉閱四氣更六陽，森然不受螟與蝗。飛龍御月作秋涼，蒼波改色屯雲黃。天旋雷動玉塵香，起溲十裂照坐光。跏趺牛噍安且詳，動搖天關出瓊漿。壬公飛空丁女藏，三伏遇井了不嘗。釀爲眞一和而莊，三杯儼如侍君王。湛然寂照非楚狂，終身不入無功鄉。(《蘇軾詩集》卷四三)

此詩通首皆指麥而言（邵註語），所引典故如下：

《莊子・外物篇》：「青青之麥，生於陵陂」。

王充《論衡》：「穀之多蟲者，粢也。稻時有蟲，麥與豆無蟲」。又稻以八月九月爲秋，而麥以四月熟時爲秋。《禮記・月令》：「孟夏之月，麥秋至」是也。按《卦氣圖》：「十一月復卦爲乾之初九。十二月臨卦爲乾之九二。正月泰卦爲乾之九三。二月大壯卦爲乾之九四。三月夬卦爲乾之九五。」故四月爲正陽之月，乃純乾卦也。乾九五飛龍在天，則飛龍御月者，指三月也，是時麥欲秋矣。故「飛龍御月作秋涼」下句云「蒼波改色屯雲黃」，麥青謂之波，柳子厚詩：「麥芒際天搖青波」是也。稍老之麥則謂之蒼波，稍熟則又如黃雲之屯也。《列子・周穆王篇》：「望之若屯雲」（王註引），梁簡文帝〈與臨川書〉：「蒼波無極」（合註引），皆指此。

自「天旋雷動玉麈香」句起，乃屑麥麴以釀爲酒之過程，故所引之典如：〈天文志〉云：「天無雷而有聲，謂之雲磨」。則磨可以言雷動也。

《黃庭經》言：「口爲天關」，瓊漿以言華池之水矣。壬公言水，丁女言火，既出華池之水，則壬水飛而在上，丁火伏而在下（王註次公引）。查慎行曰：

> 按此詩大意取道家三一還丹之訣，借題以寓言。「空中細莖插天芒」以下六句，言麥得四時之氣以成，故性溫和也。「天旋雷動玉麈香」二句，屑麥造麴法也。「跏趺牛噍安且詳」至末，雜記蒸米釀酒及釀成後品格香味，飲之可解渴而不可醉也。大指如此，但前後錯落如羚羊挂角，無跡可求耳。（《蘇詩補註》卷四三）

東坡「才思橫溢，觸處生春。胸中書卷繁富。足以供其左旋右抽，無不如志」（參見《甌北詩話》卷五），由此類作品，可窺其端倪。

以上兩類，乃就通篇所呈現者爲例證，其他散用於詩中，或一句或二句，要皆妙合天然，深穩精切者，更不在其數。如：

> 白髮蒼顏自照盆，董生端合是前身。獨棲高閣多詞客，爲著新書未絕麟。（〈次韻子由三首〉之二，東樓，《蘇軾詩集》卷四一）

以董仲舒下帷講誦，不窺園及著玉杯、繁露書等，及春秋止於獲麟等事，言子由居高閣著春秋未成也。人、事、地皆交待妥切。又如：

> 河伯方夸若，靈媧自舞馮，歸途陷泥淖，炬火燎茅蓬。膝上王文度，家傳張長公，和詩仍醉墨，戲海亂群鴻。（〈用過韻冬至與諸生飲酒〉，《蘇軾詩集》卷四二）

引《莊子・秋水篇》：「河伯以秋水時至，百川灌河而欣然自喜，以天下之美爲盡在己。」向海若誇耀之故事；及漢〈司馬相如傳〉：「使靈媧鼓琴而舞馮」（〈大人賦〉）；又引晉王述：「愛子坦（字文度），雖長大，猶常抱置膝上」；及漢張釋之子「張摯，字長公，官至大夫免，竟以不能取容當世，故終身不仕」等等言自身遭遇世患，處此蠻荒瘴癘之地，但有過子之善詩喜墨，不慕功名利祿，亦足自得其樂矣。

再如謫海南時，子由亦貶雷州，兄弟二人南遷途中，「相逢山谷間，一月同臥起」，東坡形容二人乃：

蕭然兩別駕，各攜一稺子，子室有孟光，我室惟法喜。（〈和陶止酒〉，《蘇軾詩集》卷四一）

蓋以當時，子由與史夫人及遠一房，自筠遷雷。而東坡僅過子隨行，當時同安君、朝雲皆已過逝，因有此語。釋氏以法喜爲妻，以慈悲爲男女，東坡用此，亦貼切精當也。又以司馬相如乃蜀人，東坡常以之自喻。例如：

自笑四壁空，無妻老相如。（〈和陶和劉柴桑〉）

相如偶一官，嗤鄙蜀父老。…著書曾幾何，渴肺灰土燥。琴臺有遺魄，笑我歸不早。（〈和陶雜詩之四〉）

好學眞伯業，比肩可相如。（〈和陶贈羊長史〉）

相如賣車騎，五畝亦可易。（〈和陶使都經錢谿〉）

有謂東坡「最善用事，既顯而易讀，又切當」（《詩人玉屑》引《漫叟詩話》），殆指此而言。當然，瓊州詩用事精當之例尚多，未能一一枚舉，謹以此數端，見其特色耳！

第二節　檃括造句工於變化

瓊州詩爲東坡晚年創作之代表，故呈現多樣化面貌，但皆不離圓熟境界。詩文者，必積字成句，累句成篇，故造句遣詞，功力不深則無以成佳篇。東坡詩「辭源若長江大河」（《彥周詩話》），早年甚喜老杜詩，後又取各家之長，而集其大成。如劉夢得、韋應物、孟郊、鮑照、謝靈運、徐陵、庾信、白居易等。〔註5〕晚年獨喜淵明詩，「追和之者幾遍」（〈墓誌銘〉），且「每表和陶篇，可以見其所趣，無不及焉」（《深雪偶談》），足見東坡至此老境，已能「窮極變幻，而適如意中

〔註 5〕參見劉維崇《蘇軾評傳》第六章、第二節，頁 234～254，言之甚詳。黎明出版社，民國 67 年 2 月版。

所欲出」矣（《說詩晬語》）。茲分下列數端以說明之：

一、翻新古人句法

楊萬里云：「詩家用古人語，而不用其意，最爲妙本」（《誠齋詩話》），舉例言之：「孔子程子相見傾蓋，鄒陽云：傾蓋如故。孫侔與東坡不相識，乃以詩寄坡，坡和云：『與君蓋亦不須傾』；劉寬責吏，以蒲爲鞭，寬厚至矣，東坡詩云：『有鞭不使安用蒲』；老杜有詩云『忽憶往時秋井扇，古人白骨生青苔，如何不飲令心哀』，東坡則曰：『何須更待秋井扇，見人白骨方銜盃。』此皆翻案法也。」（同上）瓊州詩善引他人語，又不用其意之例有：

△李白云：「白日何短短，百年苦易滿。」（〈短歌行〉）
東坡云：「邅回一生中，百年不易滿。」（〈次韻寄子由〉）

△杜甫云：「遊子久在外，門户無人持。」（〈水檻〉）
東坡云：「大兒常門户，時節供丁推。」（〈和陶還舊居〉）

△杜甫云：「蓬萊織女回雲車，指點虛無是征路。」（〈送孔巢父謝病歸遊江東兼呈李白〉）
東坡云：「指點昔遊處，蒿萊生故宮。」（〈次韻寄子由〉）

△韓愈云：「有時醉花月，清唱高且棉。」（〈送靈師〉）
東坡云：「莫赴花月期，免爲詩酒縈。」（〈和陶赴假江陵夜行〉）

△韓愈云：「孰忍生以戚，吾其寄餘齡。」（〈過南陽詩〉）
東坡云：「閑居知令節，樂事滿餘齡。」（〈和陶九日閒居〉）

△杜甫云：「紈袴不餓死，儒冠多誤身。」（〈奉贈韋左丞丈〉）
東坡云：「紈袴儒冠皆誤身。」（〈贈李兕彥威秀才〉）

△陶潛云：「但恨鄰靡二仲。」（〈與子儼等疏〉）
東坡云：「不恨居鄰無二仲。」（〈寄諸子姪〉）

△毛詩云：「巧言如簧，顏之厚矣。」（〈施註引〉）
東坡云：「坐談雜古今，不答顏愈厚。」（〈和陶擬古之一〉）

△白居易云：「下飯腥鹹小白魚。」（〈施註引〉）
東坡云：「病怯腥鹹不買魚。」（〈清坐〉）

△李賀云：「茂陵劉郎秋風客，夜聞馬嘶曉無跡。」（〈金人辭漢歌〉）

東坡云：「茂陵秋風客，望祖猶蟣蝨。」（〈安期生〉）

△杜甫云：「請公臨深莫相違，回船罷酒上馬歸。」（〈陪王侍御詩〉）

東坡云：「使君置酒莫相違，守舍何妨獨掩扉。」（〈上元夜獨坐有感〉）

以上，皆爲翻案之例。另有用古人句法，稍加變化者如：

△九疑聯綿屬衡湘。（李白，〈遠別離〉）

九疑聯綿皆相似。（東坡，〈吾謫海南子由雷州〉）

△孤城吹角水茫茫。（李遠，〈晚泊潤州聞角詩〉）

孤城吹角烟樹裏。（東坡，〈吾謫海南子由雷州〉）

△幽人拊枕歎。（劉越石，〈重贈盧諶詩〉）

幽人拊枕坐歎息。（東坡，〈吾謫海南子由雷州〉）

△登高望九州，悠悠分曠野。（阮籍，〈詠懷詩〉）

登高望中原，但見積水空。（東坡，〈行瓊儋間肩輿坐睡〉）

△不知今夕是何年？（牛僧孺，〈周秦紀行〉）

今日爲何年？（東坡，〈和陶連雨獨飲〉）

△鮮鮮霜中菊，既晚何用好。（韓愈，〈秋懷〉）

鮮鮮霜菊艷，溜溜糟牀聲。（東坡，〈和陶九日閒居并引〉）

△起坐失次第，一日三四遷。（劉楨，〈贈徐幹詩〉）

如今破茅屋，一夕或三遷。（東坡，〈和陶怨詩示龐鄧〉）

△桃枝綴紅糝。（韓愈，〈洛陽春〉）

臘果綴梅枝。（東坡，〈次韻子由月季花再生〉）

△歸舍不能食，有如魚挂鉤。（韓愈，〈赴江陵途中寄贈三學士〉）

起坐有如挂鉤魚。（東坡，〈夜夢〉）

△窺其户闃其無人。（〈周易〉）

窺户無一人。（東坡，〈和陶示周掾祖謝〉）

△頓頓食黃魚。（杜甫，〈戲作俳諧體遣悶〉）

土人頓頓食諸芋。(東坡,〈聞子由瘦〉)

△我行山川異,忽在天一方。(杜甫,〈成都府〉)
我行忽至舜所藏。(東坡,〈吾謫海南子由雷州〉)

△意行必身隨之。(劉禹錫,〈送僧方及詩引〉)
與子各意行。(東坡,〈和陶止酒〉)

△悲世俗之迫隘兮。(司馬相如,〈大人賦〉)
常苦世褊迫。(東坡,〈和陶雜詩〉之六)

△況我垂釣意,人魚又兼忘。(白居易,〈渭上釣詩〉)
呼我釣其池,人魚兩忘之。(東坡,〈和陶田舍始春懷古〉)

△逶池羅水族,瑣細不足名。(杜甫,〈太子張舍人遺織成褥段〉)
城南有荒池,瑣細誰復採。(東坡,〈和陶擬古九首〉之八)

△海中諸山中,幽子頗不無。(韓愈,〈別趙子〉)
黎山有幽子。(東坡,〈和陶擬古九首〉之九)

△鏡裏朱顏看已失。(白居易,〈醉歌〉)
朱顏減盡鬢絲多。(東坡,〈被酒獨行徧至子雲、威、徽、先覺四黎之舍三首〉之三)

△風吹曠野紙錢飛。(白居易,〈寒食詩〉)
老鴉銜肉紙飛灰。(東坡,〈海南人不作寒食,而以上巳日上冢〉)

△夢想舊山安在哉。(《唐文粹》,〈高適封丘作〉)
萬里家山安在哉。(東坡,〈海南人不作寒食,而以上巳日上冢〉)

△家住錢塘東復東。(李賀,〈送沈亞之歌〉)
家在牛欄西復西。(東坡,〈被酒獨行徧至子雲、威、徽、先覺四黎之舍三首〉之一)

△橘刺藤梢咫尺迷。(杜甫,〈將赴成都草堂途中有作,先寄嚴鄭公〉)
竹刺藤梢步步迷。(東坡,〈被酒獨行徧至子雲、威、徽、先覺四黎之舍三首〉之一)

此類詩句於瓊州詩中頗爲多見,雖承襲前人句法,然詞境多能翻新,兼有點化妙用。

二、奪胎換骨

詩於表現方法上，尚有一種形式，可以化腐朽爲神奇者，亦即江西詩派主張之「奪胎換骨法」，此亦檃括古人詩句妙法之一。《冷齋夜話》引黃山谷曰：

詩意無窮而人才有限，以有限之才追無窮之意，雖淵明、少陵不得工也。不易其意而造其語，謂之換骨法；規摹其意而形容之，謂之奪胎法。（《東坡事類》卷二〇，詩評類）

所謂換骨法，例如：

荊公菊詩云：「千花百卉凋零後，始見閒人把一枝」，東坡曰：「萬事到頭都是夢，休休，明日黃花蝶也愁。」又李翰林曰：「鳥飛不盡暮天碧」，又曰：「青天盡處沒孤鴻」，山谷〈達觀臺詩〉曰：「瘦藤拄到風烟上，乞與遊人眼豁開。不知眼界闊多少，白鳥去盡青天回。」凡此之類皆換骨法也。

又奪胎法，例如：

顧況詩曰：「一別二十年，人堪幾回別。」其詩簡緩，而意精確。荊公與故人詩曰：「一日君家把酒杯，六年波浪與塵埃。不知烏石岡頭路，到老相尋得幾回。」樂天詩：「臨風杪秋樹，對酒長年身，醉貌如霜葉，雖紅不是春。」東坡詩：「兒童誤喜朱顏在，一笑那知是酒紅。」凡此類皆奪胎法也。（見同上）

其中所云：「兒童誤喜朱顏在，一笑那知是酒紅」，即瓊州詩〈縱筆三首〉之一。與白居易另外二詩句亦有關聯：

霜侵殘鬢無多黑，酒伴衰顏只暫紅。（〈自詠詩〉其一）

夜鏡隱白髮，朝酒發紅顏。（〈自詠詩〉其二）

如曾子固所言：「詩常使人一覽語盡，卻意有餘，乃古人用心處。」（《王直方詩話》引）例如：

庾信云：「日晚荒城上，蒼茫餘落暉。」（〈詠懷詩〉）

東坡云：「落月未落江蒼茫。」（〈吾謫海南子由雷州〉）

意境較庾信原句爲超渺，有曠遠無盡之感。再如：

李白云：「舉杯邀明月，對影成三人。」（〈月下獨酌〉）

又：「還同又下鵲，三繞未安棲。」(〈贈柳圓詩〉)

東坡云：「雲間與地上，待我兩友生，驚鵲再三起，樹端已微明。」(〈和陶赴假江陵夜行，郊行步月作〉)

前兩句暗用，後兩句用「驚鵲再三起」，較李白原句靈動，且交待時間之轉移，「已微明」蓋晨曦也，則整夜步月之狀，全入眼底。同樣十字句，東坡盡得言簡意賅之妙。又如：

白居易云：「既無長繩繫白日，又無大藥駐朱顏。」(〈浩天歌行〉)

東坡云：「散亂梧秋影，良辰不可繫。」(〈和陶雜詩十一首〉之二)

其點化神筆，恐不多得。所謂奪胎換骨，不惟偷勢偷意（學詩者，多以偷語爲戒，而以偷勢偷意爲尚，謂爲高手），當有更進於此者。所以「善爲詩者，當先取古人佳處涵詠之，使意境活潑，如在目前，擬議之中，自生變化」(《退菴隨筆》)，方能得其句中味也。故有點化之妙者、縮之而妙者、衍之而妙者，觀瓊州詩之表現形式，皆能有得。如下列各例，要皆不離變化之妙者，謹列以爲證，不再加以說解。

△三春竹葉酒，一曲鵾溪絃。(庾信，〈春日離合詩〉)

春杯浮竹葉。(東坡，〈次韻子由月季花再生〉)

△花鬚碎眼纈，龍子細文紅。(庾信，〈搗衣詩〉)

浮空眼纈散雲霞，無數心花發桃李。(東坡，〈獨覺〉)

△大邑燒瓷輕且堅，扣扣哀玉錦城傳。(杜甫，〈乞瓷盌〉)

跨海得遠信，冰盤鳴玉哀。(東坡，〈和陶下潠田舍穫〉)

△棘樹寒雲色，茵蔯春藕香，脆添生菜美，陰益食單涼。(杜甫，〈游何將軍山林詩〉)

茵蔯點膾縷。(東坡，〈和陶下潠田舍早穫〉)

△漸伏酒魔休放醉，猶殘口業未拋詩。(白居易)

又些些口業尚誇詩。(白居易，〈齋月靜居〉)

口業向詩猶小小。(東坡，〈庚辰歲正月十二日天門冬酒熟，予自漉之，且漉且嘗，遂以大醉二首〉之二)

△乘潮簸扶胥，近岸指一髮。(韓愈，〈寄元十八詩〉)
杳杳天低鶻沒處，青山一髮是中原。(東坡，〈通潮閣二首〉之二)

△憶昔十五心尚孩，健如黃犢走復來。(杜甫，〈百憂集行〉)
我似老牛鞭不動，汝如黃犢走却來。(東坡，〈過於海舶得邁寄書酒作詩，遠和之……并寄諸子姪〉)

△舊時王謝堂前燕，飛入尋常百姓家。(劉禹錫，〈烏衣巷〉)
謝家語燕集華堂。(東坡，〈次韻子由贈吳子野先生二絕句〉之二)

△笛吹孤戍月，犬吠隔溪村。(杜牧，〈泊桐廬詩〉)
孤村一犬吠，殘月幾人行。(東坡，〈倦夜〉)

以上所舉，或得句外意，或得句中味。

△僕之思歸，如痿人不忘起，盲者不忘視。(《漢書．韓王信傳》)
痿人常念起，夫我豈忘歸。(東坡，〈和陶還舊居，夢歸惠州白鶴山居作〉)

△人棄我取，人取我與。(《史記》，白圭語)
老去獨收人所棄。(東坡，〈客俎經旬無肉，又子由勸不讀書，蕭然清坐，乃無一事〉)

△以指喻指之非指，不若以非指喻指之非指。(《莊子．齊物論》)
寓我非指彈。(東坡，〈和陶東方有一士詩〉)

△午醉醒來晚，無人夢自驚，夕陽如有意，故傍小窗明。(陳後主詩)
翛然獨覺午窗明。(東坡，〈獨覺〉)

△捧疑明水從空化，飲似陽和滿腹春。(白居易，〈家醞詩〉)
未飲春生腹。(東坡，〈借前韻賀子由生第四孫斗老〉)

△空腹三杯卯後酒，曲肱一覺醉中眠。(白居易，〈閑樂詩〉)
體適劇卯酒。(東坡，〈謫居三適三首〉之二，午窗坐睡)

△南山入舍下，酒甕在牀頭。(白居易，〈贈吳丹詩〉)
自撥牀頭一甕雲。(東坡，〈庚辰歲正月十二日，天門冬酒熟……遂以大醉二首〉之一)

△山僧對碁坐，局上竹陰清。映竹無人見，時聞下子聲。(白居易，〈池上詩〉)

不聞人聲，時聞落子，紋枰坐對。(東坡，〈觀碁〉)

△臥輪有伎倆，能斷百思想，對境心不起，菩提日日長。(《傳燈錄》，〈臥輪禪師偈〉)

山僧自覺菩提長，心境都將赴臥輪。(東坡，〈題過所畫枯木竹石三首〉之一)

△月峽瞿唐雲作頂，亂石崢嶸俗無井。雲安沽水僕奴悲，魚腹移居心力省。白帝城西萬竹蟠，接筒引水喉不乾。人生留滯生理難，斗水何直百憂寬。(杜甫，〈引水詩〉)

雲安市無井，斗水寬百憂。(東坡，〈謫居三適三首〉之三，夜臥濯足)

以上所舉，或縮之而妙，或點化而妙者。或言簡而意賅，或推陳而出新，風貌多變。故金若虛曰：

> 東坡文中龍也，理妙萬物，氣吞九州，縱橫奔放，若游戲然，莫可測其端倪。魯直區區持斤斧準繩之說隨其後而與之爭，至謂未知句法。東坡未知句法，世豈復有詩人？(《滹南詩話》)

又曰：

> 世以坡之過海爲魯直不幸……山谷之詩，有奇而無妙，有斬絕而無橫放，鋪張學問以爲富，點化陳腐以爲新，而渾然天成如肺肝中流出者不足也。此所以力追東坡而不及歟！(同上)

姑不論山谷之詩如何，但由此段文字記載，不難窺得東坡之詩學造詣，與山谷創立之詩法，及「點化陳腐以爲新，而渾然天成，如肺肝中流出者」之理想境界，儼然已不謀而合。

第三節　不避詩忌自然天成

古來論詩者，多以典雅，端整爲正統，故詩多忌諱，有問律古五七言中，不宜用字若何者？

阮亭答：凡粗字，纖字，俗字，皆不可用。

歷友答：詩雅道也，擇其言尤雅者爲之可耳！而一切涉纖、涉巧、涉淺、涉俚、涉佻、涉詭、涉靡者，戒之如避酖毒可也。(《師友詩傳錄》)

然而東坡作詩，不僅不避俗字，尙且大量使用虛字與數目。或云：「宋人喜以現成語，虛字眼鍊入詩用，致後來生硬龘鄙陵夷風雅之議」(《貞一齋詩話》)，此即反對用虛字者。又「詩中用古人及數目，病其過多」(《師友詩傳續錄》)，足見歷代對此數端，皆以爲病。

早期東坡，便有「以文爲詩，以議論爲詩」(《滄浪詩話》) 之評議。偶而「雜以戲侮」(《彥周詩話》)，人多以爲不可法。或謂：

東坡大氣旋轉，雖不屑屑於句法、字法中別求新奇，而筆力所到自成創格。……所謂風行水上，自然成文；……老橫莫有敢議其拙率者；可見其才大，無所不可。(《甌北詩話》卷五)

東坡才氣誠大，但作詩並非全不講求鍊字之法。只以人世歷練艱辛備嚐，到晚年創作，與心境同趨於老熟，遂造平淡語，不刻意雕琢。璞實率眞，反能自然天成。故不再區區於字法，受拘於詩忌。「其妙處在乎心地空明，自然流出，一似全不著力而自然沁入心脾，此其獨絕也」(《蠖齋詩話》)。

有明上人者，作詩甚艱，求捷法於東坡。作兩頌以與之，其一云：「字字覓奇險，節節累枝葉。咬嚼三十年，轉更無交涉」。其一云：「衝口出常言，法度去前軌，人言非妙處，妙處在于是」。乃知作詩到平淡處，要似非力所能。東坡嘗有書與其姪云：「大凡爲文，當使氣象崢嶸，五色絢爛，漸老漸熟，乃造平淡」。余以不但爲文，作詩者尤當取法於此。(《竹坡詩話》)

瓊州詩，恰有東坡脫盡鉛華後之淳熟風貌，因而下筆全不著力。俗語、虛字、數目之運用，不過自然流瀉，非但不爲詩累，反得靈動妙趣。茲分言如下：

一、俗　語

因其散見於各詩篇中，故以摘錄方式提出例子說明：

貪人無饑飽，胡椒亦求多。(〈和陶擬古九首〉之六)

菜肥人愈瘦，竈閒井常勤。(〈和陶田舍始春懷古二首〉之二)

前者形容瓊州買香官吏，不據時估值，沈香每兩只支錢一百三十文，科配香戶，受納者多取斤重，又加息耗，民多破產(《續通鑑長編》)，故用「無饑飽」形容其貪得無饜。後者，形容儋人黎子雲兄弟，躬農圃之勞，茅茨已破，家亦貧窘，故用「菜肥人瘦」形容，且言竈閒井勤，殆言「貧惟飲水耳！」(合註)字雖淺俗，常用，却能貼切描摹。

再如〈謫居三適〉及〈次韻子由浴罷〉，有云：

爬搔未云足，已困冠巾重。(〈謫居三適之一〉．旦起理髮)

瓦盎深及膝，時復冷暖投。(〈謫居三適之三〉．夜臥濯足)

時令具薪水，漫欲濯腰腹。

陶匠不可求，盆斛何由足。

老雞臥糞土，振羽雙瞑目。(〈次韻子由浴罷〉)

寫日常生活，原本脫離不去之瑣細情狀，東坡用「爬搔」形容梳理之暢適。以「老雞糞土」形容「乾浴」亦各具方式。以此引出「垢淨殊性」之理，故亦不覺其粗鄙矣，反得見「老雞」安詳之狀態。又如：

聚糞西垣下，鑿泉東垣隈。

黃菘養土膏，老楮生樹雞。

未忍便烹煮，繞觀日百回。

一與蜑叟醉，蒼顏兩摧頹。

齒根日浮動，自與梁肉乖。

食菜豈不足，呼兒拆雞棲。(〈和陶下潠田舍穫〉)

得穀鵝初飽，亡貓鼠益豐。

兒瘦緣儲藥，奴肥爲種菘。(〈用過韻冬至與諸生飲酒〉)

寫闢園種菜，用民間俗語、俚語，形容與過子勞累之狀，有濃郁田圃氣息，蓋以用字眞實之故。另有一類用字，極其靈動活潑，讀來不禁令人莞爾者。如：

半醒半醉問諸黎，竹刺藤梢步步迷。

但尋牛矢覓歸路，家在牛欄西復西。

(〈被酒獨行徧至子雲、威、徽、先覺四黎之舍三首〉之一)

紀昀曰:「牛矢字俚甚！」〔註6〕王文誥曰:「此儋州記事詩之絕佳者，要知公當此時，必無令嚴鐘鼓三更月之句也。曉嵐不取此詩，其意與不喜鴨與豬，命如雞等句相似，皆囿於偏見，不能自廣耳！」〔註7〕又：

《左傳》文公十八年:「埋之馬矢之中」;《史記．廉頗傳》:「一飯三遺矢」;凡此類，古人皆據事直書，未嘗以矢爲穢，代之以文言也。記事詩與史傳等，當據事直書處，正復以他字替代不得。〔註8〕

東坡用「牛矢」尋路，以「牛欄」爲指標，又是「半醒半醉」，其樣態頗令人發噱。詩者，情性所牽。此詩率眞，妙絕親切，紀昀獨不賞，殊屬遺憾，王文誥以其囿其偏見，亦知言也。再如：

野徑行行遇小童，黎音笑語說坡翁。

東行策杖尋黎老，打狗驚雞似病風。(〈訪黎子雲〉)

描寫尋黎途中，小童群聚，指指點點「笑語坡翁」，東坡策杖而行，

〔註6〕同註1，頁808。

〔註7〕見王文誥《蘇文忠公詩編註集成》,《詩集》卷四二，頁12。總頁3555。「西復西」句下小註案語。學生書局，68年8月版。

〔註8〕同上。

有若一陣旋風襲捲而至，所過之處雞飛狗跳，全為一睹老人「風采」！末一句，用語俚俗而意象靈動，可愛可喜。其他詩句，如：

明日東家當祭竈，隻雞斗酒定膰吾。(〈縱筆〉之三)

中夜起舞踏破甕。(〈寄諸子姪〉)

但令強筋骨，可以耕衍沃。(〈賀子由生第四孫斗老〉)

流膏馬乳漲，墮子楊梅熟。(〈宥老楮〉)

味如牛乳更全清。(〈玉糝羹〉)

貧家淨掃地，貧女好梳頭。(〈貧家淨掃地〉)

皆自然生動，別具妙趣。

有一首題為〈余來儋耳得吠狗曰烏觜，甚猛而馴，隨予遷合浦，過澄邁泅而濟，路人皆驚，戲為作此詩〉之五言古詩，東坡描摹烏觜，多用俗語，但狀甚傳神，為能窺其全貌，茲錄全詩於下：

烏喙本海獒，幸我為之主。食餘已瓠肥，終不憂鼎俎。

晝馴識賓客，夜悍為門户。知我當北還，掉尾喜欲舞。

跳踉趁童僕，吐舌喘汗雨。長橋不肯躡，徑渡清深浦。

拍浮似鵝鴨，登岸到虓虎。盜肉亦小疵，鞭箠當貰汝。

再拜謝厚恩，天不遣言語。何當寄家書，黃耳定乃祖。

高興時以「掉尾」示意，泅濟時與「拍浮鵝鴉」相類，張口吐舌，既喘又熱，滴汗如雨，樣態傳神，如在目前。凡此生動妙筆，皆得自「俗語」之靈活運用。以本然面貌，呈現天眞爛漫情感於詩中，「俗字」之不可用，似非為東坡設也！

二、虛　字

儘管有以用虛字為詩病者，然李西涯曰：「詩用實字易，用虛字難。」又「盛唐人善用虛字，開合呼應，悠揚委曲，皆在於此。」(《四溟詩話》)，東坡使用虛字，亦得此妙。如〈洞酌亭〉詩云：

洞酌彼兩泉，挹彼注茲。

一瓶之中，有澠有淄。以瀹以烹，眾喊莫齊。

自江徂海，浩然無私。豈弟君子，江海是儀。

既味我泉，亦濟我詩。(《蘇軾詩集》卷四三)

〈觀碁詩〉云：

勝固欣然，敗亦可喜。優哉游哉，聊復爾耳！

(《蘇軾詩集》卷四二)

紀昀曰：「純用本色，毫不依傍古人而未嘗不佳」，〔註 9〕承轉之間，虛字發生委曲呼應之用，不使有偏枯之感，即東坡利用虛字之特色。茲舉瓊州詩用「虛字」之例如下：

茫茫海南北，粗亦足生理。

勸我師淵明，力薄且為己。

微痾坐杯酌，止酒則瘳矣。(〈和陶止酒〉)

急雨豈無意，催詩走群龍。

夢雲忽變色，笑電亦改容。

久矣此妙聲，不聞蓬萊宮。(〈行瓊儋間肩輿坐睡夢中得句云云〉)

我少即多難，邅回一生中。

老矣復何言，榮辱今兩空。

離別何足道，我生豈有終。

〔註 9〕同註 1，卷四一，頁 790。

還鄉亦何有，暫假壺公龍。(〈次前韻寄子由〉)

痿人常念起，夫我豈忘歸。

鵝城亦何有，偶拾鶴氅遺。(〈和陶還舊居〉)

阿堵不解醉，誰歟此頹然。

淵明豈知道，醉語忽談天。

偶見此物眞，遂超天地先。(〈和陶連雨獨飲〉之二)

咨爾漢黎，均是一民。

鄙夷不訓，夫豈其眞。(〈和陶勸農六首〉之一)

天不假易，亦不汝匱。(同上，之五)

投之生黎，俾勿冠履。(同上，之六)

我昔未嘗達，今者亦安窮。(〈和陶擬古九首〉之二)

吾生如寄耳！何者爲吾廬。

此去復何之，少安與汝居。

無問亦無答，吉凶兩何如。(同上，之三)

芋魁儻可飽，無肉亦奚傷。(同上，之五)

一見春秋末，渺焉不可求。(同上，之七)

生不聞詩書，豈知有孔顏。

家在孤雲端，問答了不通。(同上，之十)

停雲在空，黯其將雨，

嗟我懷人，道修且阻。(〈和陶停雲四首〉之一)

餽莫化之，廓兮忘情。

遠虎在側，以寧先生。(同上之三)

區區勸粒食，此豈知子房。

哀哉亦何羞，世路皆羊腸。(〈和陶雜詩十一首〉之三)

哀哉傷亂世，梟鸞各飛翥。

天方斲漢室，豈計一郗慮。

昆蟲正相齧，乃比藺相如。

細德方險微，豈有容公處。

既往不可悔，庶爲來者懼。(同上，之五)

獨立萬物表，長生乃餘事。(同上，之六)

已矣復何歎，舊說易兩篇。(同上，之九)

遂令青衿子，珠壁人人懷。(同上，之十)

蠔浦既黏山，暑退亦飛霜。(同上，之十一)

且當付造物，未易料枯枿。

也知宿根深，便作紫筍茁。

而今城東瓜，不記召南艾。(〈次韻子由月季花再生〉)

春秋古史乃家法，詩筆離騷亦時用。(〈過於海舶得邁寄書酒作，遠和之，皆粲然可觀……并寄諸子姪〉)

孰居無事中，作止推行之。

細察我與汝，相因以成茲。

忽然物化去，豈與生滅期。(〈和陶形贈影〉)

妍強本在君，我豈相媚悅。

君如火上煙，火盡君乃別。

雖云附陰晴，了不受寒熱。

無心但因物，萬變豈有竭。

醉醒皆夢耳！未用議優劣。(〈和陶影答形〉)

豈惟老變衰，念念不如故。

莫從老君言，亦莫用佛語。

既無負載勞，又無寇攘懼。

仲尼晚乃覺，天下何思慮。(〈和陶神釋〉)

漂流四十年，今乃言卜居。

且喜天地間，一席亦吾廬。(〈和陶和劉柴桑〉)

季氏生而仁，觀過見其實。

端如柳下惠，焉往不三黜。

天有時而定，壽考未易畢。

但願白髮兄，年年作生日。(〈子由生日〉)

嗟我始翦裁，世用或緣此。(〈以黃子木拄杖為子由生日之壽〉)

乃知經世士，出世或乘龍。(〈安期生〉)

回首向來蕭瑟處，也無風雨也無晴。(〈獨覺〉)

參橫斗轉欲三更，苦雨終風也解晴。（〈六月二十日夜渡海〉）
△

以上所舉，皆自然流瀉，純用本色而盡成佳句者。一篇之中用虛字較多者，皆在五言古體中，蓋五言古詩：

　　或興起，或比起，或賦起，須要寓意深遠，託詞溫厚，反覆優游，雍容不迫。（《詩法家數》）

大抵以「簡質渾厚爲正宗」（《覷峴詩話》），故「寧拙勿巧，寧朴毋華」（同上），東坡正得此意。

三、數　目

數目使用，或忌其過多，然「若偶一用之，亦謂之點鬼簿算博士耶？」曰「唐詩如：『故鄉七十五長亭』、『紅闌四百九十橋』皆妙，雖算博士何妨？但勿呆相耳。所云點鬼錄，亦忌堆垛。高手驅使，自不覺耳。」（《師友詩傳續錄》）故凡所謂忌諱者，爲免顯拙而設也，若東坡，個中高手，自不必區區於此。觀其詩用數目之例：

九疑聯綿屬衡湘，蒼梧獨在天一方。（〈吾謫海南子由雷州被命
△　　　　　　　　　　　　　△
即行〉）

蕭然兩別駕，各携一稺子。（〈和陶止酒〉）
　　△　　　　△

四州環一島，百洞蟠其中。
　　　△　　△

此生當安歸，四顧眞途窮。
　　　　　　△

茫茫太倉中，一米誰雌雄。
　　　　　　△

千山動鱗甲，萬谷酣笙鐘。（〈行瓊儋間肩輿坐睡，夢中得句云云〉）
△　　　　　△

我少即多難，邅回一生中。
　　　　　　　△

百年不易滿，寸寸彎強弓。
△

老矣復何言，榮辱今兩空。
　　　　　　　　△

泥洹尚一路，所向餘皆窮。

下視九萬里，浩浩皆積風。

渡海十年歸，方鏡照兩童。(〈次前韻寄子由〉)

我生紛紛嬰百緣，氣固多習獨此偏。

棄書事君四十年，仕不顧留書繞纏。

自視汝與丘孰賢，易韋三絕丘猶然。(〈夜夢〉)

攝衣造兩塾，窺戶無一人。

永言百世祀，未補平生勤。(〈和陶示周掾祖謝〉)

五日一見花豬肉，十日一遇黃雞粥。

十年京國厭肥羜，日日烝花壓紅玉。

相看會作兩臞仙，還鄉定可騎黃鵠。(〈聞子由瘦〉)

九日獨何日，欣然愜平生。

四時靡不佳，樂此古所名。

登高望雲海，醉覺三山傾。(〈和陶九日閒居〉)

少年好遠遊，蕩志隘八荒。

九夷爲藩籬，四海環我堂。

飛泉瀉萬仞，舞鶴雙低昂。(〈和陶擬古九首〉之四)

三世更險易，一心無磷緇。(同上，之五)

不持兩鴟酒，肯借一車書。

結髮事文史，俯仰六十踰。

念君千里足，歷塊猶踟躕。（〈和陶贈羊長史〉）

瘴霧三年恬不怪，反畏北風生體疥。

朝來縮頸似寒鴉，焰火生薪聊一快。（〈獨覺〉）

況聞萬里孫，已報三日浴。

朋來四男子，大壯泰臨復。

無官一身輕，有子萬事足。

長留五車書，要使九子讀。

蚤謀二頃田，莫待八州督。（〈借前韻，賀子由生第四孫斗老〉）

我似老牛鞭不動，雨滑泥深四蹄重。

庶幾門戶有八慈，不恨居鄰無二仲。

譽兒雖是兩翁癖，積德已自三世種。

豈惟萬一許生還，尚恐九十煩珍從。

六子晨耕簞瓢出，眾婦夜績燈火共。

（〈過於海舶得邁寄書酒作，遠和之，皆粲然可觀……并寄諸子姪〉）

萬劫互起滅，百年一踟躇。

漂流四十年，今乃言卜居。

且喜天地間，一席亦吾廬。

一飽便終日，高眠忘百須。

自笑四壁空，無妻老相如。（〈和陶和劉柴桑〉）

上天不難知，好惡與我一。

端如柳下惠，焉往不三黜。

兒孫七男子，次第皆逢吉。

回首十年事，無愧篋中筆。(〈子由生日〉)

胡爲犯二怖，博此一笑喜。

年來萬事足，所欠惟一死。

澹然兩無求，滑淨空棐几。(〈贈鄭清叟秀才〉)

粲然五色羽，炎方鳳之徒。

青黃縞元服，翼衛兩紱朱。

我窮惟四壁，破屋無瞻烏。

寂寞兩黎生，食菜眞臞儒。

舉杯得一笑，見此紅鸞雛。(〈五色雀〉)

却去四十年，玉顏如汝今。

家世事酌古，百史手自斟。

當年二老人，喜我作此音。(〈和陶郭主簿二首〉)

無事此靜坐，一日似兩日。

若活七十年，更是百四十。

開眼三千秋，速如駒過隙。

是故東坡老，貴汝一念息。(〈司命宮楊道士息軒〉)

南海神龜三千歲，兆協朋從生慶喜。
智能周物不周身，未免人鑽七十二。（〈葛延之贈龜冠〉）

涉閱四氣更六陽，森然不受螟與蝗。
起溲十裂照坐光，跏趺牛噍安且詳。
三伏遇井了不嘗，釀爲眞一和而莊。
三杯儼如侍君王，湛然寂照非楚狂。（〈真一酒歌〉）

魏王大瓠實五石，種成濩落將安適。
可憐公子持十牛，海上三年竟何得。
天山直欲三箭取，白衣將軍何人哉。
結襪猶堪一再鼓，棄書捐劍學萬人。
雲夢胸中呑八九，世間萬事寄黃粱。（〈贈李兕彥威秀才〉）

三年無所愧，十口今同歸。（〈和陶王撫軍座送客〉．再送張中）

使君本學武，少誦十三篇。
一見勝百聞，往鏖皋蘭山。
白衣挾三矢，趁此征遼年。（〈和陶答龐參軍〉．三送張中）

以上所舉，除後三例，爲酬贈之作，有刻意營造意味外，餘皆不見鑿痕。或一句兩用，或一句三用，有一篇二句，以成佳對者，有一篇九句皆妙合貼切者。若「年來萬事足，所欠惟一死」（〈贈鄭清叟秀才〉），趙翼以爲乃坡詩中最上乘者：

> 舉重若輕，讀之似不甚用力而力已透十分，此天才也。（《甌北詩話》卷五）

其實，凡爲詩「殫竭心力，方造能品。至於沛然自胸中流出，所謂不煩繩削而合，乃工能之至，非率易語（《焦氏筆乘》）。論詩者不僅該識得「法」字，更要識得「脫」字。徐增曰：

> 詩蓋有法，離他不得，却又即他不得。離則傷體，即則傷氣，故作詩者先從法入，後從法出，能以無法爲有法，斯之謂脫也。（《而菴詩話》）

東坡貴在能「脫」，故能「平字見奇，常字見險，陳字見新，朴字見色」（引《說詩晬語》）。陳衍曰：

> 詩最忌淺俗。何謂淺？人人能道語是也。何謂俗？人人所喜語是也。（《石遺室詩話》）

二者用之於東坡，皆不然。其用世俗俚語，靈動活潑，非人人能道也；以虛字入詩，反覆優游，雍容不迫，亦非常人能及；使用數目入詩，本非一般詩人敢輕易嘗試者，而東坡用之皆妙，趙翼云：

> 東坡隨物賦形，信筆揮灑，不拘一格，故雖瀾翻不窮，而不見有矜心作意之處。（《甌北詩話》）

瓊州詩，用字特色亦在此。既不廢鍊字之法，又往往以意取勝，不避詩忌，不拘一格，反能成就佳處。

第四節　古今體例各具妙篇

瓊州詩，可分「古體、律詩、絕句」三種體例。大致而言，古體分：四言、五言、七言三式。律絕僅有五言、七言二式。以總數計，則四言，古體十三首。五言，古體七十一首，律詩十三首，絕句一首。七言，古體八首，律詩十五首，絕句十八首。凡一百三十九首。古體佔半數以上，五言古體又居最重地位，此與東坡晚年大量和陶有關。

以古體言：四言詩，當以〈舜典喜起之歌〉爲首，大禹所訓「內作色荒，外作禽荒。」六句，亦爲濫觴。三百篇而外，如《帝王世紀》所載〈擊壤歌〉、《尚書》所紀〈卿雲歌〉及〈塗山歌〉、《左傳》所載

〈虞人箴〉、《穆天子傳》所載〈西王母謠〉、《戰國策》所記荀卿作歌等，要皆簡貴高古。蓋周秦以上，及漢初詩，皆四言，自五言興，而四言遂少。然漢魏六朝，尚有爲之者，若司馬相如〈封禪頌〉、傅毅〈迪志詩〉、張茂先〈勵志詩〉、陶淵明〈停雲詩〉等，皆甚傑出。唐以後四言幾絕，如李白「羅帷舒卷，似有人開，明月直入，無心可猜」，及柳子厚〈皇雅〉，皆僅見者。方嶽《深雪偶談》曰：「五言而上，世人往往各極其才之所至，惟四言輒不能工」。〔註 10〕東坡瓊州四言詩有〈和陶停雲四首〉、〈和陶勸農六首〉、〈觀碁〉、〈洞酌亭〉等，簡古不遜於前代。如：

> 咨爾漢黎，均是一民。鄙夷不訓，夫豈其眞。怨憤劫質，尋戈相因。欺謾莫訴，曲自我人。（〈和陶勸農〉之一）
>
> 停雲在空，黯其將雨。嗟我懷人，道修且阻。眷此區區，俯仰再撫。良辰過鳥，逝不我佇。（〈和陶停雲〉之一）

其〈觀碁〉、〈洞酌亭〉兩首所云：「戶外履二，不聞人聲，時聞落子。」及「一瓶之中，有澠有淄，以瀹爲烹」，亦皆雋雅。自唐以後，四言詩有偶一爲之者，已屬難能，東坡尚能有此佳篇，更可貴矣。

五言詩，於三百篇中，單句出現者已指不勝屈，若〈小雅〉：「以介我黍稷，以穀我士女」、「彼有不獲穉，此有不斂穧」、「乃求千斯倉，乃求萬斯箱」等，皆已連用五言，特未製爲全篇耳。故劉勰曰：「召南行露，始肇半章；孺子滄浪，亦有全曲〔註 11〕……則五言久矣」（《文

〔註 10〕參見朱任生編著《詩論分類纂要》，臺灣商務印書館印行。頁 126～127，引《陔餘叢考》之語。民國 60 年 8 月版。

〔註 11〕《詩經・召南・行露篇》：「誰謂雀無角，何以穿我屋？誰謂女無家，何以速我獄？雖速我獄，室家不足。誰謂鼠無牙，何以穿我墉？誰謂女無家，何以速我訟？雖速我訟，亦不女從。」因「雖速我獄，室家不足」、「雖速我訟，亦不女從」四句，皆四言，故言「始肇半章」。又《孟子・離婁篇》有〈孺子歌〉曰：「滄浪之水清兮，可以濯我纓。滄浪之水濁兮，可以濯我足」（〈楚辭・漁父〉亦載此歌），故云「有全曲」。參見《文心雕龍註》卷二，頁 82。明倫出版社，民國 60 年 10 月版。

心雕龍・明詩第六》)。製爲全篇，當以〈古詩十九首〉及蘇、李〈贈答詩〉爲始。七言詩，劉勰謂出自詩騷，《金玉詩話》以爲起於柏梁。蓋以詩騷所出，未爲全篇，至柏梁則通體皆七言，故後世多以柏梁爲七言之始。〔註12〕體例既創，則各窮變化，要言之：

五言忌著議論，以蘊藉爲主。七言則發揚蹈厲，無所不可。(《師友詩傳續錄》)

故五言古詩，多「句雅淡而味深長者(《誠齋詩話》)，且「以陶靖節爲詣極」(《貞一齋詩說》)。因此瓊州五言古體，率皆和陶之作，且「好在不學狀貌」(《貞一齋詩說》)，而未和陶者，如「四州環一島，百洞蟠其中，我行西北隅，如度月半弓」，即東坡五言長篇中，絕妙之作。此爲〈行瓊儋間肩輿坐睡，夢中得句云云〉一詩篇首四句。題詠景物，語甚精鍊。〔註13〕再如〈新居〉詩:「朝陽入北林，竹樹散疎影。……翳翳村巷永，數朝風雨涼，畦菊發新潁。」等語，紀昀以爲「正在韋柳之間」(王文誥《蘇文忠公詩編註集成》卷四二引)，正是雅淡而味長者也。

七古「以氣格爲主，非有天姿之高妙，筆力之雄健，音節之鏗鏘，未易言也」(《履園譚詩》)，瓊州詩，七言古體僅八首:〈夜夢〉、〈聞子由瘦〉、〈吾謫海南子由雷州，被命即行了不相知〉、〈過於海舶得邁寄書酒作詩……并寄諸子姪〉、〈贈李兕彥威秀才〉、〈葛延之贈龜冠〉、〈眞一酒歌〉、〈獨覺〉。施補華曰:

〔註12〕同註10，頁127～128。

〔註13〕《漁隱叢話》曰:「大率東坡每題詠景物，于長篇中，只篇首四句，便寫盡，語仍快健，如〈廬山開先漱玉亭〉首句云:『高巖下赤日，深谷來悲風，擘開青玉峽，飛出兩白龍』,〈林谷堂〉首句云:『深谷下窈窕，高林合扶疏，美哉新堂成，及此秋風初』,〈行瓊儋間〉首句云:『四州環一島，百洞蟠其中，吾行西北隅，如度月半弓』,〈藤州江下起對月〉首句云:『江月照吾心，江水洗吾肝。端如徑寸珠，墮此白玉盤』。此聊舉四詩，其他甚眾。又〈栖賢三峽橋詩〉有:『清寒入山骨，草木盡堅瘦』之句，此語尤精絕，他人道不到也。」見《東坡詩話錄》，元・陳明秀編，頁 131～132 所引。廣文書局，民國 60 年 9 月初版《古今詩話叢編本》。

東坡最長於七古，沈雄不如杜，而奔放過之；秀逸不如李，而超曠過之。又有文學以濟其才，有宋三百年，無敵手也。（《峴傭說詩》）

僅此八詩，自然無從比較其與李杜之差異眞否如此。但歷代論古詩者，頗強調音節之頓挫。大抵而言：

通篇平韻，貴飛揚；通篇仄韻，貴矯健。皆要頓挫，切忌平衍。（《師友詩傳錄》）

又：

七古之難，難尤在轉韻也。全在筆力能舉之，藏直敘於縱橫中，既不患錯亂，又不覺其平蕪，似較轉韻差易。（《原詩》）

八首當中，有通篇平韻者：如〈吾謫海南子由雷州〉（下平七陽）、〈過於海舶得邁寄書酒〉（下平八庚）、〈眞一酒歌〉（下平七陽）；有通篇皆仄韻者：〈聞子由瘦〉（入聲二沃，古通一屋）、〈獨覺〉（去聲一送，古通二宋）、〈葛延之贈龜冠〉（上聲四紙）；有轉韻者：〈夜夢〉（上平六魚轉下平一先）、〈贈李兕彥威秀才〉（入聲十三職，轉上平十灰，轉上聲六語，轉上平十一眞，轉上聲二十五有）；其間不乏一連兩句用韻，或句句有韻者（如〈夜夢〉前六句魚韻，後六句先韻，毫無間隔）。阮亭以爲：

如一連二句皆用韻，則文勢排宕。熟子美子瞻二家自了然矣。此專爲七言而發。（《師友詩傳續錄》引）

東坡長於七古，晚年創作猶見其功力。子由所謂：「不見老人衰憊之氣」（〈墓誌銘〉），良有以也。

以近體言，篇數不多，但佳作時見，《欒城遺言》曰：

東坡律詩最忌屬對偏枯，不容一句不善者（《東坡事類》卷二〇，詩評類引）。

如〈倦夜〉：

倦枕厭長夜，小牕終未明。孤村一犬吠，殘月幾人行。
衰鬢久已白，旅懷空自清。荒園有絡緯，虛織竟何成。
（《蘇軾詩集》卷四二）

查慎行云：「通首俱得少陵神味」，紀昀曰：「結有意致，遂令通體俱有歸宿，若非此結，則成空調」。〔註14〕此詩爲五律，押下平八庚韻。中間兩聯，對偶工整，虛實並用，情景交融。謝榛曰：

律詩重在對偶，妙在虛實。律詩無好結句，謂之虎頭鼠尾，即當擺脫常格出不測之語，若天馬行空，渾然無跡。(《四溟詩話》)

所謂「從容閑習之餘，或溢而爲波，或變而爲奇，乃有自然之妙」(《麓堂詩話》)，「景以情合，情以景生，初不相離，唯意所適」(《然燈紀聞》)，東坡此詩堪稱妙絕矣。

又如：〈汲江煎茶〉：

活水還須活火烹，自臨釣石取深清。
大瓢貯月歸春甕，小杓分江入夜瓶。
雪乳已翻煎處脚，松風忽作瀉時聲。
枯腸未易禁三椀，坐聽荒城長短更。(《蘇軾詩集》卷四三)

此詩爲七律，庚青韻同用。楊萬里對此詩，欣賞至極，有云：

唐律七言八句，一篇之中，句句皆奇，一句之中，字字皆奇，古今作者皆難之。如東坡煎茶詩云:「活水還將活火烹，自臨釣石取深清。」第二句七字而具五意：水清一也；深處清二也；石下之水，非有泥土三也；石乃釣石，非尋常之石四也；東坡自汲，非遣卒奴五也。「大瓢貯月歸春甕，小杓分江入夜瓶」，其狀水之清美極矣；「分江」二字，此尤難下。「雪乳已翻煎處脚，松風仍作瀉時聲」，此倒語也，尤爲詩家妙法，即少陵「紅稻啄餘鸚鵡粒，碧梧棲老鳳凰枝」也。「枯腸未易禁三椀，臥（坐）聽山（荒）城長短更」，又翻却盧仝公案，仝喫到七椀，山城更漏無定，「長短」二句有無窮之味。(《誠齋詩話》)〔註15〕

此篇誠清新俊逸之作，但不必如誠齋所語，若專於八句中刻意求奇處，反損其深旨。七言律，「貴遣對穩，貴遺事切，貴捶字老，貴結

〔註14〕同註2，卷二〇，頁11，總頁1599。
〔註15〕此段文字，本文第三章，談東坡海外生活時，曾提及。

響高，而總歸於血脈動盪，首尾渾成」（《說詩晬語》）。煎茶詩，聲調氣格，皆能超越，「松風」句尤爲傳神，所謂「入情無迹」（紀昀語）者，故紀曉嵐評此詩：「細膩而出於脫灑，細膩詩易於黏滯，如此脫灑爲難」。〔註16〕

五絕，瓊州詩中僅見一首，即〈儋耳山〉：

突兀隘空虛，他山總不如。

君看道旁石，盡是補天餘。

押上平六魚韻，第三句，乃單拗自救。據《墨莊漫錄》云：「東坡作〈儋耳山〉詩：「突兀隘空虛」云云。叔黨云：『石』，當作者傳寫之誤。一字不工，遂使全篇俱病」。〔註17〕何焯曰：「末二句自謂，亦兼指器之諸人。」（合註引）叔黨之語，似有疑點？何焯之說，未必全然。（一）「石」字不工，則本用何字？（二）東坡此詩，又題作〈松林山〉（查註、合註）。《名勝志》曰：「松林山在儋州北二十里」，即《隋志》之藤山也（查註引），題詠此山，妙在有意無意之間，必言其有所指，反而染著。

又施補華曰：

少陵、退之、東坡三家，皆不能作五絕。蓋才太大，筆太剛，施之二十字，反喫力不討好。言豈一端而已，夫各有所當也。五絕究以含蓄清淡爲佳。（《峴傭說詩》）

此詩，誠非清幽絕俗之作，然而言其「不能作五絕」，或恐太過。

七言絕句，如〈縱筆〉三首：

寂寂東坡一病翁，白鬚蕭散滿霜風。

小兒誤喜朱顏在，一笑哪知是酒紅。（之一）

押上平一東韻，乃仄起首句入韻之作。後兩句，自白樂天「夜鏡隱白髮，朝酒發紅顏」及「醉貌如霜葉，雖紅不是春」二詩奪胎而來。紀昀曰：「歎老語如此出之，語妙天下」。（《蘇詩評註彙妙》卷二〇）

〔註16〕同註2，卷二〇，頁21，總頁1620。

〔註17〕見王文誥、馮應榴輯註本《蘇軾詩集》卷四一，頁2250引合註語。學海出版社，民國74年9月版。

父老爭看烏角巾，應緣曾現宰官身。
溪邊古路三叉口，獨立斜陽數過人。（之二）

押上平十一眞韻，亦屬仄起首句入韻之作。王文誥曰：「此三首之第三句皆於極澹中陡然而出，而此句尤奇突，殊不知『爭看』二字已安根矣」（《蘇文忠公詩編註集成》卷四二），紀昀道此詩：「含情不盡」。（同上，王文誥引）

北船不到米如珠，醉飽蕭條半月無。
明日東家當祭竈，隻雞斗酒定膰吾。（之三）

押上平七虞韻，平起首句入韻。紀昀曰：「眞得好！」（同上）三首要皆自然入妙。沈德潛曰：

七言絕句，以語近情遙，含吐不露爲主。只要眼前口頭語，而有絃外音，味外味，使人神遠。（《說詩晬語》）

故紀昀極爲激賞，一再言妙。趙克宜却以爲，「酒紅」乃衍「唐人衰顏紅」五字爲一聯，語近稺拙；「醉飽」句，未圓；又云：「左傳天子有事膰焉，原可活用，但膰吾二字終硬」，〔註 18〕實乃見仁見智。東坡七言絕句，頗多言微旨遠，語淺情深之作，趙克宜亦不得不承認，如第二首，趙曰：「憤語卻寫成閒適，所謂言近旨遠也」。（同上）

再如〈澄邁驛通潮閣〉二首：

倦客愁聞歸路遙，眼明飛閣俯長橋。
貪看白鷺橫秋浦，不覺青林沒晚潮。（之一）

押下平二蕭韻，仄起首句入韻。《名勝志》云：「通潮閣，乃澄邁驛閣也，一名通明閣」。（查註引）澄邁縣在舊崖州西九十里（《太平寰宇記》）。此二詩爲東坡將北歸渡海前之作。釋惠洪嘗云：「余游儋耳，登望海亭，柱間有擘窠大字曰：貪看白鳥橫秋浦，不覺青林沒暮（晚）潮」（《冷齋夜話》）。覃谿先生以爲此詩「眞唐賢語也」。（《石洲詩話》卷三）

餘生欲老海南村，帝遣巫陽招我魂。

〔註 18〕同註 2，卷二〇，總頁 1599～1600。

杳杳天低鶻沒處，青山一髮是中原。(之二)

押上平十三元韻，平起首句入韻。韓愈有詩云：「乘潮簸扶胥，近岸指一髮」(〈寄元十八詩〉)。東坡用之，紀昀以爲此乃「神來之筆」〔註 19〕。趙克宜云此詩：「意極悲痛，佳在但作指點，不與說盡」。〔註 20〕施補華曰：

東坡七絕亦可愛，然趣多致多，而神韻却少；「水枕能令山俯仰，風船解與月徘徊」，致也；「一笑那知是酒紅」，趣也；獨「餘生欲沒（老）海南村，帝遣巫陽招我魂，杳杳天低鶻沒處，青山一髮是中原」，則氣韻兩到，語帶沈雄，不可及也。(《峴傭詩話》)

評價不可謂不高，實亦「句絕而意不絕」之佳妙作品。

綜觀上述各體詩例，知瓊州詩，佳構所出，絕不受限於某種形式或體例，此其晚年詩老境熟，精深華妙，無事不可入詩，無字不可入詩，寄至味於平淡，率眞意於自然，故無須區區於形式矣。

〔註 19〕同上，卷二〇，總頁 1622。
〔註 20〕同上。

第六章 結論——瓊州詩之藝術成就

綜觀前述各章，歸結瓊州詩之藝術成就如下：

第一節 力追淵明藝術極詣

一、自然率眞

東坡曾讚許淵明：

> 孔子不取微生高，孟子不取於陵仲子，惡其不情也。淵明欲仕則仕，不以求之爲嫌；欲隱則隱，不以去之爲高。饑則扣門而乞食，飽則雞黍以延客。古今賢之，貴其眞也。(《東坡題跋》卷三)

詩本性情，故淵明詩中屢見「眞」字：

> 任眞無所先。(〈連雨獨飲〉)
> 眞想初在襟。(〈始作鎮軍參軍經曲阿〉)
> 養眞衡茅下。(〈辛丑歲七月赴假還江陵夜行塗口〉)
> 此中有眞意。(〈飲酒之五〉)
> 抱朴含眞。(〈勸農〉)

淵明曾因「家貧，耕植不足以自給」而爲官，奈何「質性自然，非矯厲所得。飢凍雖切，違己交病。嘗從人事，皆口腹自役，於是悵然慷慨，深愧平生之志。」(〈歸去來辭序〉,《靖節先生集》卷之五)，因此辭官歸隱，賦〈歸去來辭〉，表達心志。其中所云：

> 歸去來兮，田園將蕪胡不歸？既自以心爲形役，奚惆悵而獨悲；悟已往之不諫，知來者之可追，實迷途其未遠，覺今是而昨非。(《靖節先生集》卷之五)

正是東坡瓊州詩中「和陶自託」思想之發端。王若虛以：「東坡酷愛歸去來兮辭，既次其韻，又衍爲長短句，又裂爲集字詩」，爲「不能免俗」(《滹南詩話》)。實則東坡不僅深愛此辭，並能深切體會淵明「苦爲世役」之心境使然，故〈題淵明詩〉云：

> 秋菊有佳色，裛露掇其英，泛此忘憂物，遠我遺世情。一觴聊獨進，杯盡壺自傾。日入群動息，飛鳥趨林鳴。嘯傲東窗下，聊復得此生。靖節以無事自適，爲得此生，則凡役於物者，非失此生耶？

「凡役於物者，非失此生耶？」一語，恰可說明瓊州東坡之心情。淵明「久在樊籠裏，復得返自然」(《靖節先生集》卷之二，〈歸園田居詩〉)之欣悅，東坡嚮往既久，而今流放海外，身無官累，反能領略，故流瀉於筆下，亦能深得自然妙趣。如：

> 朝陽入北林，竹樹散疏影，短籬尋丈間，寄我無窮境。舊居無一席，逐客猶遭屏，結茅得茲地，翳翳村巷永，數朝風雨涼，畦菊發新穎。俯仰可卒歲，何必謀二頃。(〈新居〉)

再如：

> 茅茨破不補，嗟子乃爾貧，菜肥人愈瘦，竈閒井常勤，我欲致薄少，解衣勸坐人。臨池作虛堂，雨急瓦聲新，客來有美載，果熟多幽欣，丹荔破玉膚，黃柑溢芳津。借我三畝地，結茅爲子鄰，鴂舌儻可學，化爲黎母民。(〈和陶田舍始春懷古之二〉)

瓊州環境，並未如此完善，而其卜築之桄榔菴，實「煙雨濛晦，眞蜒塢獠洞」(〈與程儒書〉)，東坡安之若素，處之泰然，視周遭一切，均大自然之恩典。心儀田園閒淡生活，表現於詩，則樸質平實，不假雕飾。再如：

半醒半醉問諸黎，竹刺藤稍步步迷，但尋牛矢覓歸路，家在牛欄西復西。(〈被酒獨行徧至子雲、威、徽、先覺四黎之舍之一〉)

野徑行行遇小童，黎音笑語說坡翁，東行策杖尋黎老，打狗驚雞似病風。(〈訪黎子雲〉)

皆爲率爾直書，眞切感人之作。東坡以爲「仙山與佛國，終恐無是事，甚欲隨淵明，移家酒中住」(〈和陶神釋〉)，便是追求淵明「自然率眞」、「反璞歸眞」、「縱身大化」之最佳明證。能恬然適性於田園之間，領會淵明「隱居」情趣，進而得其詩中神髓，乃瓊州詩作成功之處。

二、平淡而妙

淵明詩，於藝術成就上，最被稱許者，乃「平淡」二字。從《靖節先生集・諸本評陶彙集》之摘錄文字中，不難得到證明：

《楊龜山語錄》曰：

淵明詩所不可及者，冲澹深粹，出於自然。若曾用力學，然後知淵明詩，非著力所能成也。(李公煥原採《總論》)

王圻《稗史》曰：

陶詩淡，不是無繩削，但繩削到自然處，故見其淡之妙，不見其削之迹。(《陶澍靖節先生集集註》新增)

《姜白石詩說》曰：

淵明天資既高，趣詣又遠，故其詩散而莊，澹而腴，斷不容作邯鄲步也。(吳瞻泰《陶詩彙注》所增)

葛常之《韻語陽秋》曰：

陶潛、謝朓詩，皆平澹有思致，非後來詩人鉥心劌目雕琢者所爲也。老杜云：「陶謝不枝梧，風騷共推激。紫燕自超詣，翠駮誰剪剔。」是也。大抵欲造平淡，當自組麗中來。落其紛華，然後可造平淡之境。(李公煥原採《總論》)

王元美《藝苑卮言》曰：

淵明託旨冲澹，其造語有極工者，乃大入思來，琢之使無

> 痕迹耳。後人苦一切深沈，取其形似，謂爲自然，謬以千里。(同上)

可見平淡二字，乃淵明詩學造詣中之極致。

平淡二字，實由自然不假雕飾而來，但須「愈讀愈見其妙者方是眞平談」，與貧乏枯索、一覽便盡者不同：

> 東坡詩頌云：「銜口出常言，法度去前軌，人言非妙處，妙處在於是」。乃知作詩到平淡處，要似非力所能。東坡嘗有書與姪云：「大凡爲文，當使氣象崢嶸，五色絢爛，漸老漸熟，乃造平淡」。余以不但爲文，作詩者尤當取法於此。(《竹坡詩話》引)

此種「平淡」，方是「外枯而中膏，似澹而實美」之境界。反之，若「火候未到，徒擬平淡，何啻威喜丸，費盡咀嚼，斐然滿口，終無氣味。」(清薛雪《一瓢詩話》)

洪邁題跋曰：「坡公天才，出語驚世，如追和陶詩，眞與之齊驅也。」〔註1〕瓊州詩之藝術成就，與淵明齊驅者，不僅和陶之作而已，觀其清澹妙永之作，如：

> 披衣起視夜，海闊河漢永。
> 西牕半明月，散亂梧楸影。(〈和陶雜詩之二〉)

紀昀曰：「情在景中」，趙克宜曰：「四語寫景渾成」(《蘇詩評註彙鈔》卷二〇)。淵明詩之妙處，常在寫景時，「以物觀物，不知何者爲我，何者爲物。」(王國維《人間詞話》卷上)，在凝神觀照之際，心中除開所觀照之對象外，別無所有，於不知不覺中，由物我兩忘，進入物我同一之境界。此王國維所謂「採菊東籬下，悠然見南山，無我之境也」(同上)。瓊州詩，得此「情景交融」有平淡之妙境者，尚不乏其例：

> 喬木卷蒼藤，浩浩崩雲積。(〈和陶使都經錢谿〉)
> 仰看桄榔樹，元鶴舞長翮。(同上)

〔註1〕參見王文誥《蘇文忠公詩編註集成・雜綴》所引錄，頁260。學生書局版。

春江淥未波，人臥船自流，我本無所適，汎汎隨鳴鷗。(〈和陶遊斜川〉)

閒看樹轉午，坐到鐘鳴昏。(〈入寺〉)

雞唱山椒曉，鐘鳴霜外聲。(〈子野復來作詩贈之〉)

春水蘆根看鶴立，夕陽楓葉見鴉翻。(〈庚辰人日聞黃河已復北流二首之二〉)

菜圃漸疏花漠漠，竹扉斜掩雨紛紛。(〈庚辰歲正月十二日天門冬酒熟〉)

倦客愁聞歸路遙，眼明飛閣俯長橋。

貪看白鷺橫秋浦，不覺青林沒晚潮。(〈澄邁驛通潮閣二首之一〉)

杳杳天低鶻沒處，青山一髮是中原。(同上之二)

據王船山所論：

情景名爲二，而實不可離神於詩者。妙合無垠，巧者則有情中景，景中情。

又：

含情而能達，會景而生心，體物而得神，則自有靈通之句、參化之妙；若但於句中求巧，則性情先爲外蕩，生意索然矣。(《均夕堂永日緒論》)

瓊州詩，不於句中求巧，更不刻意爲詩，自然妙合，境與意會，若大匠運斤，無斧鑿痕跡，故能得「平淡」神味。

三、與自身論詩旨趣相契合

張健曰：

東坡論詩主自然。〔註2〕

由於東坡論詩主張並無系統性之專論，僅能從零散之文字中去拾掇，但其論點大要不離「自然」、「妙悟」之理，故張健有此說。「自然」二字，含義甚廣，論作風，是「意隨興到，不事雕琢而渾然天成」；

〔註2〕參見〈蘇軾的文學批評研究〉一文，發表於《文史哲學報》二二卷，頁171～262。民國62年6月版，此語見頁194。

論意境，是「率爾天眞，平淡而妙」，乃至是意在言外，有雋永情味者。如：

> 欲令詩語妙，無厭空且靜，靜故了群動，空故納萬境。閱世走人間，觀身臥雲嶺，鹹酸雜眾好，中有至味永。(《文集》卷十，〈送參寥師〉)
>
> 新詩如玉雪，出語便清警。……頹然寄淡泊。(同上)
>
> 論畫以形似，見與兒童鄰。賦詩必此詩，定知非詩人。(〈書王主簿畫折枝〉)
>
> 少陵翰墨無形畫，韓幹丹青不語詩。(〈題韓幹畫馬〉)

所謂「味永」、「淡泊」、「無形」、「不語」、「不以形似」，即妙在筆墨之外者。劉熙載曰：

> 東坡詩，善於空諸所有，又善於無中生有，機杼實自禪悟得來。(《藝概》二)

唐戴叔倫曾論：

> 詩家之景，如藍田日暖，良玉生烟，可望而不可即。(《困學紀聞》引)

東坡深得此理，有禪偈云：

> 若言琴上有琴聲，放在匣中何不鳴？
>
> 若言聲在指頭上，何不於君指上聽？(〈琴詩〉)

郭紹虞云：東坡論詩主旨「近似禪悟」，〔註3〕即對此而發。換言之，嚴羽《滄浪詩話》論詩旨趣，亦得自東坡。滄浪論詩（指嚴羽），反對蘇黃以文字爲詩，以才學爲詩，以議論爲詩，而孰知其論詩主旨，正出東坡也。

又：

> 東坡詩之作風，雖近議論，而論詩主旨，轉與嚴羽之尚禪悟相近。蓋蘇詩作風與其論詩宗旨，正相反背。〔註4〕

〔註3〕見郭紹虞《中國文學批評史》上卷，第六篇，第一節，第二目，頁402～403。

〔註4〕同上。

瓊州詩，深得淵明平淡妙永之趣，更有滄浪所云：「羚羊挂角，無跡可求，故其妙處，透徹玲瓏，不可湊泊」，及「言有盡而意無窮」之唐賢境界，與早期「以議論爲詩，以才學爲詩」已大不相同。故「蘇詩作風與論詩宗旨正相反背」之說，極待商榷。

東坡〈書黃子思詩集後〉曰：

> 蕭散簡遠，妙在筆畫之外……蘇李之天成，曹劉之自得，陶謝之超然，蓋至矣。而李太白、杜子美，以英瑋絕世之姿，凌跨百代，古今詩人盡廢。然魏晉以來，高風絕塵，亦少衰矣。李杜之後……獨韋應物、柳宗元發纖穠於簡古，寄至味於澹泊，非餘子所及也。唐末司空圖崎嶇兵亂之間，而詩文高雅，猶有承平之遺風。其論詩曰：「梅止於酸，鹽止於鹹。飲食不可無鹽梅，而其美常在於鹹酸之外。」（《蘇東坡全集．後集》卷九〈雜文〉）

文中所論之「天成」、「自得」、「超然」乃至「發纖穠於簡古，寄至味於澹泊」，皆爲東坡理想中之藝術極詣，亦是淵明詩作之極詣。「蕭散簡遠，妙在筆畫之外」、「其美常在鹹酸之外」，即詩貴寄託，意在言外，神韻妙永之作。瓊州詩代表晚年東坡創作之巔峯，愈老愈熟之平淡詩境，已能力追淵明而無愧。如張健所云：

> 劉熙載云：「謝才顏學，謝奇顏法，陶則兼而有之，大而化之，故其品尤上」（《藝概》卷二）。徐增謂：「詩人能以一筆掃盡從來窠臼，方是個詩家大作者。」又「詩貴自然……有不期然而然之妙」（《而庵詩話》）。……李東陽謂：「從容閑習之餘……乃有自然之妙」（《麓堂詩話》）。由超逸之境趣而得自然之妙。東坡晚年，可說已臻此境界。〔註5〕

黃山谷曰：「東坡嶺外詩文，讀之使人耳目聰明，如清風自外來也。」（魏慶之《詩人玉屑》引）佛印亦曰：「子膽胸中有萬卷書，下筆無一點塵」（《錢氏私誌》引）。東坡筆隨年老，詩亦然也。

〔註5〕同註2，頁208。

第二節　奠定東坡詩壇地位

一、後人對瓊州詩之評價

蘇子由曰：

> 東坡先生謫居儋耳，寘家羅浮之下，獨與幼子過負擔渡海，葺茅竹而居之，日啗藷芋，而華屋玉食之念，不存於胸中。平生無所嗜好，以圖史爲園囿，文章爲鼓吹，至是亦皆罷去，獨猶喜爲詩，精深華妙，不見老人衰憊之氣。（〈和陶詩引〉）

此序寫於紹聖四年十二月，是最早對瓊州詩有所論評之文字。蓋指東坡居瓊期間，以全力創作詩篇，且精深華妙。

陳師道（無己）早期評論蘇詩曰：

> 始學劉禹錫，故多怨刺，學不可不慎也。晚學李白，至其得意則似之矣。然失於粗，以其得之易也。(《後山詩話》)

待東坡謫遷嶺海之後，有以此說請教於參寥者：

> 不識此論誠然乎哉？

參寥答曰：

> 此陳無己之論也。東坡天才無施不可，而少也實嗜夢得詩，故造詞遣言，峻峙淵深，時有夢得波峭，然無己此論，施於黃州以前可也。東坡自元豐末還朝，後出入李杜，則夢得已有奔逸絕塵之歎矣。無己近來，得渡嶺越海篇章，行吟坐咏，不絕口吻。嘗云：「此老深入少陵堂奧，他人何可及」。其心悅誠服如此，則豈復守昔日之論乎？（朱弁《曲洧舊聞》)

足見海外東坡，對於詩學創作用功日深，且漸老漸熟，所謂「深入少陵堂奧」者，乃指其辭力而言：魏慶之曰：

> 呂丞相跋子美年譜曰：考其辭力少而銳，壯而肆，老而嚴，非妙於文章，不足以至此。余觀東坡自南遷以後詩，全類子美夔州以後詩，正所謂老而嚴者也。(《詩人玉屑》)

杜甫夔州以後詩，前人論之者頗多，茲以黃山谷〈與王觀復書〉中所云爲例：

好作奇語，自是文章一病，但當以理爲主，理得而辭順，文章自然出群拔萃。觀子美夔州後詩，退之自潮州還朝後文，皆不煩繩削而自合矣。〔註 6〕

又云：

但熟觀杜子美到夔州後古律詩，便得句法。簡易而大巧出焉，平淡而山高水深，似欲不可企及。文章成就，更無斧鑿痕，乃爲佳作耳。〔註 7〕

另有清人黃生《杜工部詩說》，評杜甫夔州詩篇曰：

年老、多病、感時、思歸，集中不出此四意，而橫說豎說，反說正說，無不曲盡其情。〔註 8〕

則夔州詩，有「不煩繩削而自合」、「平淡」、「無斧鑿痕」、「無不曲盡其情」等特質。而東坡瓊州詩作，亦得此數端。無怪乎魏慶之有此數語。所不同者，在於夔州詩：

近體多於古風，夔府時代爲律詩之黃金時期。至於五古，則別有一種累滯寒澀之筆。〔註 9〕

因此朱熹云其古詩「鄭重煩絮，不如他中前此有一節詩好。」〔註 10〕而東坡瓊州詩，反以五古爲主幹，且多精深華妙之作。故此處所謂「老而嚴」者，各有所長也。

陸放翁曰：

近世詩人，老而益嚴，蓋未有如東坡者也。〔註 11〕

〔註 6〕〈刻杜子美巴蜀詩序〉、〈大雅堂石刻杜詩記〉、《豫章黃先生文集》，（商務印書館，《四部叢刊初編・集部》）卷十九，頁 201。此爲〈與王觀復書〉第一首。

〔註 7〕同上，〈與王觀復書〉第二首。

〔註 8〕黃生《杜工部詩說》，七律「返照」評語，頁 502（京都中文出版社，1976 年 6 月版）。

〔註 9〕朱偰《杜少陵先生評傳》，頁 148（東昇書局，民國 69 年 4 月版）。

〔註 10〕《朱子語類》卷一四〇，頁 5342~5343（正中書局・民國 71 年 4 月版）。

〔註 11〕同註 1，頁 259，引題跋語。

又，《平園集・書桂酒頌》曰：

東坡自海南歸，文章翰墨，所謂毫髮無遺恨，波瀾獨老成者。〔註12〕

《宋學士集・書乳泉賦》云：

其筆老墨秀，挾海上風濤之氣。〔註13〕

後二例，雖為評論東坡書法之語，然用之於詩，亦極切當。所謂「波瀾獨老成」、「筆老墨秀」、「挾海上風濤」不僅可形容其詩格與書風，更能表現海外歸來之東坡，有飄灑如仙人般，令人嘆服之氣度。

有謂東坡：

始學劉夢得詩，徐北海字，然晚年妙處，乃不減李杜顏楊。（《後耳目志》）

又：

東坡海南詩，荊公鍾山詩，超然邁倫，能追李杜陶謝。（《彥周詩話》）

綜觀上述各說，不難看出，後人對東坡瓊州詩作之評價甚高，堪與李杜陶謝並驅。正因瓊州詩，有超然邁倫之評價，亦使海外詩篇，成為奠定東坡詩壇地位之重要基石。

二、黨禁愈嚴，海外詩流傳愈廣

東坡於元符三年六月二十日夜渡海北歸。七月四日到達廉州貶所。此時垂簾共理國是之皇太后，已還政於徽宗。〔註14〕八月告下，再遷東坡為舒州團練副使，永州居住。十一月至英州，復為朝奉郎提舉成都玉局觀，在外軍任便居住。有謝表云：

臣先自昌化軍貶所奉敕，移廉州安置。又自廉州奉敕授臣朝奉郎提舉成都玉局觀，在外州軍任便居住者。七年遠謫（指惠州、瓊州），不自意全，萬里生還，適有天幸。……

〔註12〕《東坡事類》卷二一，詩評，頁7，廣文書局。

〔註13〕同上，頁15。

〔註14〕《宋史・徽宗本紀》云：「秋七月丙寅朔，奉皇太后詔罷同聽政。」

> 伏念臣才不逮人，性多忤物，剛褊自用，可謂小忠。猖狂妄行，乃蹈大難，皆臣自取，不敢怨尤。〔註 15〕

所謂「九死投荒吾不恨」（〈六月二十日夜渡海詩〉），而今終於可以度嶺北歸，已不再眷戀於搢紳。（〈墓誌〉云：自元祐以來，坡公未嘗以歲課乞遷，故官止於此。）

徽宗建中靖國元年辛巳（1101 年），東坡六十六歲。再度大庾嶺北歸，決議歸常州定居。〔註 16〕此時朝局紹述之風復熾。

當東坡自金陵過儀眞，恰逢六月，時方酷暑，東坡以久在海上覺舟中熱不可堪，夜輒冥坐，復以飲冰過度，暴下不止。七月二十五日病革，手書〈與維琳別〉：

> 某嶺海萬里不死而歸宿田里，遂有不起之憂，豈非命也夫。然死生亦細故爾，無足道者。（《蘇東坡全集・續集》卷七，〈與徑山維琳書〉）

維琳者，乃坡公帥杭時，使主於杭徑山寺者。公渡海，浙僧皆禱佛求公亟還中州，琳其一也。當二十八日將屬纊，聞觀已離，維琳在公側，叩耳大聲曰：「端明宜勿忘！」公曰：「西方不無，但箇裏著力不得」。錢世雄曰：「至此更須著力。」答曰：「著力即差。」語遂絕。邁問後事，不答。是日公薨。（參見王文誥《蘇文忠公詩編註集成・總案》卷四五）

從東坡北歸至卒於常州，表現於言行之間者，莫不通透達觀。「生死，亦細故爾！」如此了脫，堪稱得道矣。海外三載，使其徹悟生死之理，「大患緣有身，無身則無疾。」（借坡公〈思無邪齋銘〉之語）

〔註 15〕《經進東坡文集事略》卷二六，頁 447～448。世界書局，民國 64 年 1 月版。

〔註 16〕公初意，本欲歸蜀，或力不及，則且歸浙，浙即常。後在南華寺，李亮工具述龍舒風土之美，於是有居舒意。後以子由在許，來書勸其同居潁昌，遂罷龍舒之議。但不久聞朝局事紹述復熾，言官任伯雨、江公望、陳祐等皆逐。而潁昌地近京師，爲避禍遠害，東坡決議歸毘陵定居。參見《蘇文忠公詩編註集成・總案》卷四五，頁 1509～1510。

半世浮沈宦海，而今亦無非夢幻一場。

然而身後留下之詩文，正如其所願「但令文字還照世，糞土腐餘安足夢」，早於北歸之前，即有劉沔者，為其編錄詩文二十卷，寄書海外，請東坡為其校正。坡公答書云：

> 軾平生以言語文字見知於世，亦以此取疾於人，得失相補，不如不作之安也。以此常欲焚棄筆硯，為瘖默人，而習氣宿業未能盡去，亦謂隨手雲散鳥沒矣。不知足下默隨其後，掇拾編綴，略無遺者。覽之慚汗，可為多言之戒。（〈答劉沔都曹書〉，《蘇東坡全集‧後集》卷一四）

雖然東坡無心，但習氣所牽，興致所發，落筆吟詠，却往往為人拾掇而去，或以招禍，或以累名，正是「以才得名，亦以才得禍」（《甌北詩話》卷五），但無論如何，其詩每有所作，即刊刻流布，遂使一時才名震爆，所至風靡，亦不爭之事實。尤其海外詩作，流傳更廣。

但徽宗親政不久，建中靖國元年春天，紹述之議復起：曾布在陵上密授御史中丞趙挺之復建紹述之議，排擊元祐臣僚不遺餘力，一二正人並皆黜逐。春夏之交，正其擾攘時刻，後因曾布再召蔡京，用鍾世美之議，改元崇寧（1102 年）。當其時，蘇公未及葬，黨禍已復起，與司馬光等皆追削官爵，子孫不許官京師。更刻〈元祐黨籍碑〉於端禮門：

> （崇寧元年）九日詔籍元祐姦黨待制以上，公（蘇軾）首惡，而宰執以文彥博為首惡，御書深刻立端禮門。
>
> （崇寧二年）四月詔毀東坡文集、傳說、奏議、墨蹟、書版、碑銘、崖誌。及黃庭堅、程頤等所著書。
>
> （崇寧三年）六月重籍姦黨，仍以（蘇）公為待制以上首惡，而宰執以司馬光為首惡，御書勒碑置文德殿門東壁。蔡京復詔頒天下州軍刊石，永為萬世臣子之戒。（《蘇文忠公詩編註集成‧總案》卷四五）

觀此數年間，黨禁森嚴，且盡毀元祐諸賢文字碑銘，然而東坡詩文，並未因此而滅絕。「凡學者誦習傳說，稱毘陵先生而不名」（同上），亦即士大夫之間互相傳誦不絕，僅改稱東坡為「毘陵先生」耳。正是愈禁愈流行，愈破壞，藏之者愈覺珍貴。朱弁曰：

> 東坡詩文落筆輒為人所傳，每一篇到歐公處，公為終日喜，一日與棐論文及坡，歎曰：「汝記吾言，三十年後，世人更不道著我。」崇寧大觀年間海外詩盛行，後生不復有言歐公者。是時朝廷雖嘗禁止，賞錢增至八十萬，往往以多相夸。士大夫不能誦坡詩者，自覺氣索，而人或謂之不韻。(《風月堂詩話》)

觀此數語，可知：歐公誠知人也。但若非海外詩有其至高之藝術成就，當時士大夫，恐不至於罔顧朝廷禁令到如此地步；若非其詩名甚高，恐怕海外歸來，尚不至有「著小冠，披半臂，夾運河岸千萬人隨觀之」，紛紛爭求一睹風采之壯觀場面；〔註17〕若非東坡情性感人至深，於仙逝後，「浙西、淮南、京東、河北之民，相與哭於市。其士君子奔弔於家。秦隴、楚粵之間，車塵馬跡所至，無賢愚皆咨嗟出涕；太學之士數百人，相率飯僧慧林佛舍。」〔註18〕等情況，亦不致發生。凡此瑣瑣，莫不証明東坡詩格與人格，均已達圓熟之境地。黨禁愈嚴，「海外詩」反更盛行，其間道理，稍思即得。

清人王文誥，曾為東坡詩分期，強調其詩風有三大變：

> 公自不能詩而至能詩，自名家而至大家……鳳翔首作〈石鼓歌〉，已出昌黎之上，不可壓也。自此以後，熙寧還朝一變；倅杭守密，正其縱筆時也。及入徐湖漸改轍矣。元豐謫黃一變；至元祐召還，又改轍矣。紹聖謫惠州一變；及渡海而全入化境，其意愈隱不可窮也。(《蘇海識餘》一)〔註19〕

又曰：

> 黃魯直於公諸集，獨推「海外詩」。崇觀間，禁錮甚嚴而「海

〔註17〕邵博《聞見後錄》：「李文伸言：東坡自海外歸毘陵，病暑，著小冠，披半臂，坐船中，夾運河千萬人隨觀之。東坡顧坐客曰：莫看殺軾否！其為人愛慕如此。」見《東坡事類》卷六，頁12～13。

〔註18〕見同註1，總案卷四五，頁1534。

〔註19〕同上，頁3708～3709。

外詩」盛行，士夫無不傳習者。(同上)

瓊州詩，眞堪稱晚年東坡創作之豐收期，成就之高，人莫之及。黃魯直於公諸集，獨推「海外詩」，又「世人亦以東坡過海，爲魯直之大不幸」(王若虛《滹南詩話》)，觀此數端，莫不說明「瓊州詩」確實爲奠定東坡詩壇地位之重要關鍵。

綜觀全文，瓊州三載雖屬東坡晚年命運最坎坷階段，然其生命思想與文學創作，皆處顛峯狀態。東坡〈自題金山畫像〉曰：

心似已灰之木，身如不繫之舟。

問汝平生功業，黃州惠州儋州。(《蘇詩補註》卷四八，查慎行補錄)

足見三次謫遷命運，對東坡生命思想與文學創作影響至深。黃州、惠州乃其蘊釀成熟期，到瓊州，正其豐收期也。北歸之後，以詩名鼎盛，所到之處，不免應酬贈答，加以旅途勞頓，體力衰損，不久得疾以沒。其創作成果，已不復昔日，因而愈加襯托海外詩之佳妙。吾人讀其詩，論其人，不可不知也。

附錄：「瓊州詩」篇目表

說明：

一、茲將（一）明刊本《蘇文忠公居儋錄》（二）《儋縣志》卷之十·〈藝文志〉載：清康熙版《蘇文忠公居儋錄》（三）清康熙版本《蘇文忠公海外集》（四）清王文誥《蘇文忠公詩編註集成》。四種刊本所收錄之海外詩篇目，依體例分古體（四言、五言、七言）律詩（五言、七言）絕句（五言、七言）。列表比較。

二、（一）各本所收，確爲海外之作者，於「瓊州詩」欄，以打「v」爲記。

（二）《居儋錄》與《海外集》未收，而確爲海外之作者，於「瓊州詩」欄，以打「○」爲記。

（三）「集成本」未收，而確爲海外之作者，於「瓊州詩」欄，以打「△爲記。」

（四）各本誤收之篇目，均於「備註」欄，註明創作時間、地點。

三、特殊篇目說明：

（一）四言詩：〈跋姜公弼（唐佐）課册〉

《海外集》、《居儋錄》，「康熙版」都收錄之。「集成本」未收，但見於「總案」卷四二：「（元符二年）閏九月，姜唐佐來從學。……題唐左課册。」又東坡〈書柳子厚詩後〉云：「己卯閏九月，瓊士姜君來儋耳，日與予相從」。（《蘇東坡全集・續集》卷二，古今體詩亦收錄，並有公自註語，與此同）。

按：此詩乃書劉夢得〈楚望賦〉中語（見《劉賓客文集》卷一）。但以東坡書以贈唐佐，必存其思想、理念於其中。若王文誥云：「公誨文之法，盡於此矣（《蘇文忠公詩編註集成》卷四二，誥案），故依《海外》、《居儋》二集，收錄之。

（二）七言絕句：〈萬州太守高公宿約遊岑公洞而夜雨連明，戲贈二小詩〉

此詩見於傅藻《東坡紀年錄》：「元符己卯公在儋州作」，故《海外集》收錄之。《蘇東坡全集・續集》卷二亦收錄。但《四部叢刊・豫章先生文集》、《四庫全書・黃山谷集》亦載此詩。據查愼行《蘇詩補註》卷五〇所考：「按《山谷年譜》：建中靖國辛巳（元年）自戎州赦還，三月至峽州，作〈萬州太守高仲本約遊岑公洞詩〉。同時又有〈萬州下嚴〉二首。任淵注云：山谷有磨崖題石載高仲本置酒事，年月歷歷可考。其爲黃作無疑。」則此詩爲黃山谷作而誤收入蘇集者。

體例	詩題	居儋錄	康熙居儋錄	海外集	王文誥集成	瓊州詩	備註
四言	和陶勸農六首并引	v	v	v	v	v	
	和陶停雲四首并引	v	v	v	v	v	
	觀 碁并引	v	v	v	v	v	
	洞酌亭并引	v	v	v	v	v	
	跋姜公弼課册		v	v		△	書劉夢得楚望賦中語以成之
	和陶答龐參軍六首并引			v			紹聖四年・惠州
五古	和陶止酒并引	v	v	v	v	v	
	行瓊儋間 肩輿坐睡 夢中得句云	v	v	v	v	v	
	次前韻寄子由	v	v	v	v	v	
	和陶還舊居夢歸惠州白鶴山居作		v		v	v	
	和陶連雨獨飲二首		v	v	v	v	
	和陶示周掾祖謝遊城東學舍作	v	v	v	v	v	
	糴 米		v	v	v	v	
	和陶赴假江陵夜行郊行步月作		v	v	v	v	
	和陶九日閒居并引		v	v	v	v	
	和陶擬古九首	v	v	v	v	v	
	和陶東方有一士			v	v	v	
	和陶怨詩示龐鄧		v	v	v	v	
	和陶雜詩十一首		v	v	v	v	
	次韻子由月季花再生	v	v	v	v	v	
	和陶田舍始春懷古二首并引	v	v	v	v	v	
	和陶贈羊長史并引		v	v	v	v	
	入 寺	v	v	v	v	v	
	謫居三適三首旦起理髮 午窗坐睡 夜臥濯足	v	v	v	v	v	
	次韻子由浴罷	v	v	v	v	v	
	借前韻賀子由生第四孫斗老		v		v	v	
	和陶形贈影				v	○	
	和陶影答形				v	○	
	和陶神釋				v	○	

體例	詩題	居儋錄	康熙居儋錄	海外集	王文誥集成	瓊州詩	備註
五古	和陶使都經錢谿遊城北謝氏廢園作		v	v	v	v	
	和陶和劉柴桑（萬劫互起滅）				v	○	
	新　居		v	v	v	v	
	遷居之夕聞鄰舍兒誦書欣然而作	v	v	v	v	v	
	宥老楮	v	v	v	v	v	
	和陶西田穫早稻		v	v	v	v	
	和陶下潠田舍穫		v	v	v	v	
	和陶戴主簿		v	v	v	v	
	和陶遊斜川正月五日與兒子過出遊作		v	v	v	v	
	子由生日		v		v	v	
	以黃子木拄杖爲子由生日之壽	v	v	v	v	v	
	和陶與殷晉安別送昌化軍使張中		v	v	v	v	
	贈鄭清叟秀才			v	v	v	
	用過韻冬至與諸生飲酒	v	v	v	v	v	
	和陶王撫軍座送客再送張中		v	v	v	v	
	和陶答龐參軍三送張中		v	v	v	v	
	夜燒松明火	v	v	v	v	v	
	貧家淨掃地		v		v	v	
	五色雀并引	v	v	v	v	v	
	安期生并引		v	v	v	v	
	和陶郭主簿二首并引		v	v	v	v	
	司命宮楊道士息軒	v	v	v	v	v	
	和陶始經曲阿		v	v	v	v	
	別海南黎民表				v	○	
	余來儋得吠狗曰鳥觜	v	v	v	v	v	
	食檳榔	v	v	v			紹聖二年・惠州
	雨後行菜		v	v			紹聖二年・惠州
	次韻子由所居六詠		v	v			紹聖三年・惠州
	枸　杞	v	v	v			〃
	甘　菊	v	v	v			〃
	薏　苡	v	v	v			〃
	次韻高要令劉湜峽山寺見寄	v	v	v			〃

體例	詩題	居儋錄	康熙居儋錄	海外集	王文誥集成	瓊州詩	備註
五古	和陶乞食		v	v			〃
	和陶酬劉柴桑（紅藷與紫芽）		v	v			〃
	和陶乙酉歲九月九日		v	v			〃
	和陶詠二疏		v	v			〃
	和陶詠三良		v	v			紹聖三年・惠州
	和陶詠荊軻		v	v			〃
	和陶桃花源詩		v	v			〃
	和陶歸田園居六首			v			〃
	和陶歲暮作和張常侍			v			〃
	和陶讀山海經十三首			v			〃
	丙子重九二首	v		v			〃
	楊康功有石狀如醉道士爲賦此詩			v			元豐八年・揚州
	和陶飲酒二十首			v			元祐七年・揚州
	西　齋			v			熙寧八年・密州
	秋懷二首			v			熙寧五年・杭州
	聞正輔表兄將至以詩迎之	v		v			紹聖二年・惠州
	正輔既見和復以前韻慰鼓盆勸學佛	v		v			紹聖二年・惠州
	雨中過舒教授			v			元豐元年・徐州
	和陶子遲贈孫志舉			v			建中靖國元年・北歸後
	用前韻再和孫志舉			v			〃
	崔文學甲携文見過蕭然有出塵之姿	v		v			〃
七古	吾謫海南　子由雷州　被命即行　了不相知	v	v	v	v	v	
	夜　夢	v	v	v	v	v	
	聞子由瘦	v	v	v	v	v	
	獨　覺		v	v	v	v	
	過於海舶得邁寄書酒作詩遠和之皆粲然可觀	v	v	v	v	v	
	贈李兕彥威秀才		v		v	v	
	葛延之贈龜冠	v	v	v	v	v	
	眞一酒歌并引（空中細莖）		v	v	v	v	
	四月十一日初食荔支	v	v	v			紹聖二年・惠州

體例	詩　　題	居儋錄	康熙居儋錄	海外集	王文誥集成	瓊州詩	備　　註
七古	荔支嘆	v	v	v			紹聖三年・惠州
	周教授索枸杞因以詩贈呈廣倅蕭大夫		v	v			元符三年・廣州
	歐陽晦夫遺接䍦琴枕作詩謝之	v	v	v			元符三年・發廣州
	豆　粥			v			元豐七年・發楚州
	石　芝并引			v			元祐八年・定州
	次韻孔毅父集古人詩見贈五首			v			元豐六年・黃州
	贈寫眞何充秀才			v			熙寧七年・蘇州（杭州至密州途中）
	䴵　笙并引			v			元符三年・廉州
	鶴　歎			v			元祐八年・定州
	蠍　虎			v			熙寧十年・京師
	蜜酒歌并引			v			元豐五年・黃州
	又一首答二猶子與王郎見和			v			元豐五年・黃州
	夜過舒堯文戲作			v			元豐元年・徐州
	次韻舒教授寄李公擇			v			〃
	次韻答舒教授觀余所藏墨			v			〃
	寄吳德仁兼簡陳季常			v			元豐八年・發泗州
	虢國夫人夜遊圖			v			元祐元年・京師
	鐵溝行贈太博			v			熙寧七年・密州
	去歲與子野遊逍遙堂……今歲索居儋耳　子野復來相見　作詩贈之		v	v	v	v	
	倦　夜		v	v	v	v	
	歸去來集字十首并引		v	v	v	v	前六首王文誥考爲黃州作本表一併收入以求完整。
	過海得子由書	v	v	v		△	
	寓　儋（新年五首）	v	v	v			紹聖三年・惠州
	和孫叔靜兄弟本端叔唱和	v	v	v			元符三年・廣州
	廣倅蕭大夫借前韻見贈復和答之二首	v	v	v			元符三年・廣州
	乘舟過賈收水閣　收不在見其二子三首			v			元豐二年・湖州

體例	詩題	居儋錄	康熙居儋錄	海外集	王文誥集成	瓊州詩	備註
	客俎經旬無肉　又子由勸不讀書　蕭然清坐　乃無一事。	v	v	v	v	v	
	次韻子由三首東亭　東樓　椰子冠	v	v	v	v	v	
	十二月十七日夜坐達曉寄子由	v	v	v	v	v	
	上元夜過赴儋守召　獨坐有感	v	v	v	v	v	
七	海南人不作寒食　而以上巳日上冢	v	v	v	v	v	
	庚辰歲人日作　時聞黃河已復北流二首	v	v	v	v	v	
	庚辰歲正月十二日天門冬酒熟予自漉之二首	v	v	v	v	v	
	追和戊寅歲上元	v	v	v	v	v	
	汲江煎茶	v	v	v	v	v	
	儋　耳	v	v	v	v	v	
	六月二十日夜渡海	v	v	v	v	v	
	桄榔杖寄張文潛一首	v	v	v			紹聖二年・惠州
	自昌化雙谿舘下步尋谿源至治平寺二首	v	v	v			熙寧六年・杭州
	眞一酒并引（撥雪披雲）	v	v	v			紹聖二年・惠州
	次韻鄭介夫二首	v	v	v			元符三年・過英州
	九日次韻王鞏	v		v			元豐元年・徐州
	十月二十日恭聞皇太后升遐……作挽詞二章			v			元豐二年・臺獄
	和子由澠池懷舊	v		v			嘉祐六年・赴鳳翔
	次韻答元素并引	v		v			元豐五年・黃州
	次韻和子由聞予善射			v			治平元年・回河南道中
	次韻子由寄題孔平仲草菴			v			元豐五年・黃州
	和林子中待制	v		v			元祐六年・杭州
律	新釀桂酒			v			紹聖元年・惠州
	詹守携酒見過　用前韻作詩聊復和之			v			〃
	（惠守）詹君見和復次前韻			v			〃
	贈王子直秀才			v			紹聖二年・惠州
	程德孺惠海中栢石兼辱佳篇輒復和謝	v		v			元祐七年・京師

體例	詩題	居儋錄	康熙居儋錄	海外集	王文誥集成	瓊州詩	備註
七律	食　柑	∨		∨			元豐六年・黃州
	次韻江晦叔兼呈器之			∨			元符三年・北歸後
	次韻曾仲錫承議食蜜漬生荔支	∨		∨			元祐八年・定州
	再次韻曾仲錫荔支			∨			〃
	次韻劉燾撫司蜜漬荔支			∨			元祐八年・定洲
	次韻韶守狄大夫見贈二首			∨			元符三年・北歸後
五絕	儋耳山	∨	∨	∨	∨	∨	
	寄虎兒	∨	∨	∨			紹聖元年・惠州
	雍秀才畫草蟲七物（蝸牛　鬼蝶　促織　蝦蟆　蜣螂　天水牛　蠍虎）	∨		∨			元豐七年・泗州
	書文與可墨竹并引			∨			元豐八年・登州
七絕	過子忽出新意以山芋作玉糝羹	∨	∨	∨	∨	∨	
	被酒獨行徧至子雲威徽先覺四黎之舍三首	∨	∨	∨	∨	∨	
	題過所畫枯木竹石三首	∨	∨	∨	∨	∨	
	次韻子由贈吳子野先生二絕句		∨		∨	∨	
	澄邁驛通潮閣二首	∨	∨	∨	∨	∨	
	擷　菜		∨	∨			紹聖三年・惠州
	過黎君郊居		∨	∨		△	
	訪黎子雲	∨	∨	∨		△	
	縱筆三首	∨	∨	∨	∨	∨	
	答海上翁		∨		∨	∨	
	追和子由（洛邑從來天地中）	∨	∨	∨			熙寧六年・杭州
	戲贈孫公素		∨				建中靖國元年・北歸後
	約吳遠遊與姜君弼喫蕈饅頭		∨			△	
	次韻郭功甫觀予畫雪雀有感二首	∨		∨			建中靖國元年・北歸後
	次韻錢穆父紫薇花二首			∨			元祐五年・杭州
	萬安太守高公宿約遊岑公洞而夜雨連明戲贈二小詩			∨			黃山谷之作
	橄　欖	∨		∨			元豐六年・黃州
	復官北歸再次前韻寄功甫	∨					建中靖國元年・北歸後

參考書目及論文

一、傳記・史料

1. 《宋史》(二十五史本),元・脫脫撰,藝文印書館。
2. 《宋史》,民國・方豪著,中國文化學院出版部。
3. 《宋史資料萃編》第二輯,趙鐵寒編,文海出版社。
4. 《宋論》,清・王夫之著,里仁書局。
5. 《續資治通鑑長編紀事本末》,宋・楊仲良撰,廣雅書局。
6. 《東坡年譜》,宋・王宗編,臺灣商務印書館。
7. 《東坡年表》(蘇東坡詞附),民國・曹樹銘編,臺灣商務印書館。
8. 《增補蘇東坡年譜會證》,民國・王保珍撰,國立臺灣大學文史叢刊之二十七。
9. 《蘇東坡傳》,民國・林語堂著,張振玉譯,德華出版社。
10. 《蘇東坡新傳》,民國・李一冰著,聯經出版事業公司。
11. 《東坡評傳》,民國・石朝儀著,文史哲出版社。
12. 《蘇軾評傳》,民國・劉維崇著,黎明文化事業公司。
13. 《蘇軾評傳》,曾棗莊著,四川人民出版社。
14. 《蘇東坡軼事滙編》,顏中其編註,湖南長沙岳麓書社。

二、詩文集

△東坡詩文

1. 《蘇東坡全集》(明成化本),宋・蘇軾撰,河洛圖書出版社。
2. 《經進東坡文集事略》,宋・蘇軾撰,郎曄註,(四部叢刊本)臺灣商務印書館。
3. 《集註分類東坡先生詩》，宋・王十朋纂集，（四部叢刊本）臺灣商務印書館。
4. 《增補足本施顧註蘇詩》，宋・施元之、顧景蕃合註、民國・鄭騫、嚴一萍編校，藝文印書館。
5. 《蘇文忠公詩編註集成》，清・王文誥輯訂，臺灣學生書局。
6. 《蘇詩補註》（文淵四庫本），清・查慎行補註，臺灣商務印書館。
7. 《蘇軾詩集》，清・馮應榴、王文誥輯註，學海出版社。
8. 《蘇文忠公詩集》，宋・蘇軾撰、清・紀曉嵐（紀文達）評，宏業書局。
9. 《蘇詩評註彙鈔》（角山樓本），清・趙克宜纂輯，新興書局。
10. 《蘇文忠公居儋錄》，宋・蘇軾，中央研究院歷史語言研究所藏・明刊本。
11. 《蘇文忠公海外集》，宋・蘇軾，國立臺灣師範大學國文系圖書館・清刊本。
12. 《東坡烏臺詩案》（函海），宋・朋九萬撰，藝文印書館。
13. 《詩讞》（學海類編），宋・周紫芝撰，藝文印書館。
14. 《東坡和陶合箋》，清・溫汝能纂，新文豐出版公司。

△**其他作家**

15. 《靖節先生集》，晉・陶潛撰、清・陶澍註，河洛圖書出版社。
16. 《陶淵明詩箋註》，晉・陶潛撰、民國・丁仲祜註，藝文印書館。
17. 《杜詩鏡銓》，唐・杜甫撰、清・楊倫編，華正書局。
18. 《劉賓客文集》（文淵四庫本），唐・劉禹錫撰，臺灣商務印書館。
19. 《嘉祐集》（四部叢刊本），宋・蘇洵撰，臺灣商務印書館。
20. 《欒城集》（四部叢刊本），宋・蘇轍撰，臺灣商務印書館。
21. 《斜川集》（四部備要），宋・蘇過，臺灣中華書局。
22. 《豫章黃先生文集》（四部叢刊本），宋・黃庭堅，臺灣商務印書館。
23. 《雞肋集》（四部叢刊本），宋・晁補之，臺灣商務印書館。
24. 《渭南文集》（四部叢刊本），宋・陸游，臺灣商務印書館。

△**選　集**

25. 《蘇東坡》（詩選集），日・近藤光男編著、附年譜東坡詩要圖，《漢詩大系》第十七卷・東京集英社。

26. 《蘇軾》（詩詞選集），日・小川環樹註・《中國詩人選集》・二集第五卷・附東坡行跡圖，岩波書店。
27. 《蘇詩佚註》，日・小川環樹・倉田淳之助編・附施宿《東坡先生年譜》，京都同朋社。
28. 《蘇軾選集》（詩詞文選集），王水照選註・附宋施宿《東坡先生年譜》，上海古籍出版社。
29. 《蘇軾詩》，嚴既澄選註，臺灣商務印書館。

三、詩評・事類

1. 《東坡題跋》（汲古閣本），明・毛晉輯，臺灣商務印書館。
2. 《東坡事類》，清・梁廷枏纂，廣文書局。
3. 《宋詩紀事》，清・厲鶚撰，鼎文書局。
4. 《歷代詩話》，清・何文煥編訂，漢京文化事業公司。
5. 《續歷代詩話》，民國・丁福保編訂，木鐸出版社。
6. 《百種詩話類編》，民國・臺靜農主編，藝文印書館。
7. 《清詩話》，民國・丁仲祐編訂，藝文印書館。
8. 《清詩話續編》，民國・丁仲祐編訂，藝文印書館。
9. 《詩論分類纂要》，民國・朱任生編，臺灣商務印書館。
10. 《東坡詩話錄》，元・陳秀明撰，廣文書局。
11. 《隨園詩話》，清・袁枚撰，漢京文化事業公司。
12. 《人間詞話》，清・王國維撰，臺灣開明書店。
13. 《詩詞例話》，民國・周振甫撰，南琪出版社。
14. 《鷗波詩話》，民國・張夢機撰，漢光文化事業公司。
15. 《陶淵明評論》，民國・李辰冬著，東大圖書公司。
16. 《陶淵明詩文彙評》，臺灣中華書局。
17. 《柳宗元詩文彙評》，明倫出版社。
18. 《詩詞曲韻總檢》，民國・盧元駿輯校，正中書局。
19. 《（增廣）詩韻集成》，民國・周基校訂，曾文出版社。

四、一般論著

1. 《四庫全書總目提要》，清・永瑢・紀昀等撰，台灣商務印書館。
2. 《中國文學發展史》，民國・劉大杰著，臺灣中華書局。
3. 《中國文學批評史》，民國・羅根澤著，學海出版社。

4. 《中國文學批評史》，民國・郭紹虞著，文史哲出版社。
5. 《中國文學批評》，民國・張健著，五南圖書出版公司。
6. 《宋詩概說》，日・吉川幸次郎著、民國・鄭清茂譯，聯經出版事業公司。
7. 《宋詩研究》，民國・胡雲編著，宏業書局。
8. 《蘇東坡的立身與論文之道》，游信利，台灣學生書局。
9. 《蘇東坡生平及其作品述評》，游國琛，台灣商務印書館。
10. 《蘇東坡和陶淵明詩之比較研究》，宋丘龍，台灣商務印書舘人人文庫。
11. 《蘇軾思想探討》，民國・凌琴如著，中華書局。
12. 《論東坡的創作經驗》，徐中玉著，上海華東師範大學。
13. 《東坡詩論叢》，蘇軾研究學會編，成都四川人民出版社。
14. 《景午叢編》，民國・鄭騫著，臺灣中華書局。
15. 《文藝心理學》，民國・朱光潛著，臺灣開明書店。
16. 《杜甫夔州詩析論》，民國・方瑜著，台北幼獅文化公司。
17. 《近體詩發凡》，民國・張夢機著，臺灣中華書局。

五、方志類

1. 《瓊臺志》（廣東省），天一閣明代方志選刊，新文豐出版公司。
2. 《瓊州府志》（中國方志叢書），清・張岳崧等纂修，成文出版社。
3. 《瓊州縣志》（中國方志叢書），清・李文恒修、鄭文彩纂，成文出版社。
4. 《廣東圖說》（中國方志叢書），清・毛鳴賓、郭嵩燾等修、桂文燦纂，成文出版社。
5. 《儋縣志》（中國方志叢書），民國・彭元藻修、王國憲纂，成文出版社
6. 《中國歷史地圖集》，民國・程光裕、徐聖謨編著，中華文化事業出版。
7. 《海南文獻叢談》（王家槐先生遺著），民國・王家梧編輯，知足齋叢書之三。
8. 《海南島史》，日・小葉田淳撰、民國・張迅齊譯，學海書局。

六、期刊論文

△傳記類

1. 〈讀蘇東坡墓誌銘及宋史蘇軾傳札記〉，林政華，《書目季刊》，六卷二期．60 年 12 月。
2. 〈蘇東坡的性格與人格〉，陳宗敏，《中華文化復興月刊》，六卷四期．62 年 4 月。
3. 〈蘇東坡在南海〉，王萬福，《廣東文獻》，七卷二期，民國 66 年 6 月。
4. 〈蘇東坡在廉州〉，周勝臯，《廣東文獻》，七卷四期，民國 66 年 12 月。
5. 〈陶淵明之異代知己——蘇軾〉，頤盧，《恒毅》，二九卷三期，民國 68 年 10 月。
6. 〈蘇東坡．佛教〉，杜若，《中國佛教》，二六卷四期，民國 71 年 1 月。

△詩文類

7. 〈蘇東坡詩中用字的技巧〉，陳香，《中華文化復興月刊》，七卷六期，民國 62 年 6 月
8. 〈蘇軾的文學批評研究〉，張健，《文史哲學報》，二二期，民國 62 年 6 月。
9. 〈蘇東坡與詩畫合一之研究〉，戴麗珠，《國立師範大學國文研究所集刊》，第二〇號，民國 65 年 6 月。
10. 〈蘇陶「詠貧士」詩比較研究〉，鮑霖，《幼獅月刊》，四七卷二期，民國 67 年 3 月。
11. 〈蘇陶「詠三良」「詠荊軻」詩較論〉，鮑霖，《中華文化復興月刊》，一一卷一〇期．67 年 10 月。
12. 〈蘇陶「雜詩」比較研究〉，鮑霖，《中國國學》，八期，民國 69 年 7 月。
13. 〈東坡喜愛陶詩的原因〉，鮑霖，《中國國學》，一二期，民國 73 年 10 月。
14. 〈東坡詩分期之檢討〉，嚴恩紋，《責善半月刊》，二卷一．二期，民國 30 年 4 月。
15. 〈蘇東坡著述版本考（上）〉，王景鴻，《書目季刊》，四卷二期，民國 58 年 12 月。
16. 〈蘇東坡著述版本考（下）〉，王景鴻，《書目季刊》，四卷三期，民國 59 年 3 月。
17. 〈詩詞的當下美：論中國詩歌的抒情主流和自然境界〉，周策縱，《聯

合文學》，一卷八期，民國 74 年 6 月。
18. 〈宋詩特色〉，杜松柏，《國魂》，四七五期，民國 74 年 6 月。

△博碩士論文

19. 《蘇東坡文學研究》，洪瑀欽撰，文化大學中研所博士論文，民國 66 年 6 月。
20. 《蘇東坡散文研究》，彭珊珊撰，東吳大學中研所碩士論文，民國 74 年 4 月。
21. 《東坡黃州詞研究》，林玟玲撰，台灣大學中研所碩士論文，民國 75 年 6 月。
22. 《烏臺詩案研究》，江惜美撰，東吳大學中研所碩士論文，民國 76 年 4 月。